Golem

4 - MONSIEUR WILLIAM

Les auteurs

À eux trois, ils totalisent 148 livres, 8 ordinateurs, 7 enfants et 6 mains. Toute leur enfance, ils ont joué aux mêmes jeux, lu les mêmes romans. En même temps, ils ont pris un cahier et un stylo. Lorris avait alors 14 ans, Marie-Aude 11 et Elvire 7. Depuis, ils n'ont plus arrêté d'écrire. Lorris, dont les romans explorent le passé comme l'avenir, navigue entre aventure, policier, fantastique et science-fiction. Marie-Aude, qui aime faire rimer amour et humour, a publié la majeure partie de son œuvre à l'École des loisirs. Elvire, auteur d'*Escalier C* pour les adultes, se métamorphose en Moka quand elle écrit pour les jeunes. Tous trois ont eu envie de retrouver les jeudis de leur enfance quand ils se demandaient : « À quoi on joue ? » Pendant deux ans, ils ont écrit les cinq tomes de Golem. À vous de jouer maintenant !

Elvire, Lorris et Marie-Aude MURAIL

Golem

4 - Monsieur William

POCKET
jeunesse

Loi n° 49-956 du 16 juillet 1949 sur les publications
destinées à la jeunesse : juillet 2002.

© 2002, éditions Pocket Jeunesse, département d'Univers Poche.

ISBN 2-266-12023-9

*C*ette fois, c'est sûr! Les personnages du jeu vidéo Golem sortent de l'ordinateur bleu électrique Nouvelle Génération MC.

Il y a tout d'abord Joke, le golem informe et farineux. Samir et Sébastien, élèves de la 5e 6, ont caché Joke dans les carrières, près de la cité des Quatre-Cents. Il se nourrit d'électricité grâce aux pylônes d'EDF. La petite Lulu, atteinte d'une maladie génétique, est mystérieusement connectée à lui. Quand Joke fait le plein d'électricité, il donne des forces à celle qui est devenue sa seule amie.

Il y a ensuite Bubulle, le dragon du jeu, heureusement réduit à la taille d'une souris verte. Il est prisonnier dans une cage chez Jean-Hugues de Molenne, le professeur de français. Natacha, la golémette aux allures de vamp, vit aussi chez lui. Le jeune professeur en est amoureux. Mais Natacha est électrique et, quand on l'embrasse, on se prend du courant. Pire encore, Natacha a reçu du Maître des golems, l'énigmatique Alias, l'ordre de détruire la Mondial Company, que tout le monde connaît sous l'appellation de MC.

Cette multinationale s'est donné comme but de faire de chaque enfant un consommateur des produits MC, par n'importe quel moyen. Par exemple, en glissant dans le jeu Golem des images subliminales publicitaires si brèves que seul l'inconscient peut les enregistrer. Voilà pourquoi les jeunes, conditionnés par Golem, se ruent sur les stupides pots de pâte à prout MC et en font la collection.

Pour Natacha, le réel et la MC ne font qu'un. Tout est MC. Se sentant sans cesse menacée, elle se sert de son terrifiant dégom-laser pour se défendre, sans avoir l'air de bien comprendre qu'elle peut tuer. Seule l'eau l'arrête en la faisant court-circuiter. De ses cinq vies initiales, il ne lui en reste plus que deux et, pour le moment, elle attend dans l'ordinateur que Jean-Hugues la rappelle dans le réel.

Quant aux Malfaisants, les méchants du jeu, ils se répandent dans les rues des Quatre-Cents en une nuit de terreur, croisant sur leur route la petite Aïcha, BMW, le patron de Mondiorama, et Eddie, le tueur à gages de la MC. Par chance, une averse les fait exploser en millions d'étincelles.

Albert, l'inventeur du jeu vidéo, semble ignorer que Golem n'est plus seulement virtuel. Albert s'est enfui du siège de la MC, à Gruyères, le jour où il n'a plus voulu mettre son talent au service *d'une entreprise mafieuse. Mais il sait que la Mondial Company aimerait remettre la main sur lui. Dans son combat contre la multinationale et son monstrueux patron, M. William, Albert peut compter sur deux alliés : Nadia Martin, une petite prof de SVT, capable de fabriquer des bombes artisanales dans sa cuisine, et un certain Giraud, un spécialiste des systèmes de sécurité informatique, que la MC poursuit.*

Pour ce quatrième épisode, nous retrouvons tous les professeurs de la 5e 6 ainsi que Sébastien et Nouria, les délégués, à un moment fort important de leur vie puisque c'est le jour du...

CHAPITRE PREMIER

CONSEIL DE CLASSE

Pour la petite Mme Lescure, Andrée de son prénom et prof de maths de son état, un conseil de classe était une chose importante. Elle savait qu'on y décidait du sort des « enfants », comme elle les appelait, même lorsqu'ils avaient des baskets pointure 46 et un casier judiciaire.

Dans la salle de réunion, Andrée Lescure était donc arrivée la première pour le conseil de classe des 5e 6 et elle méditait, penchée au-dessus de son petit carnet de notes personnel. La meilleure moyenne de ce troisième trimestre était celle de Sébastien. 18,6. Le garçon avait un peu baissé et semblait parfois distrait en cours. Peut-être du tirage dans le couple des parents ou, à l'inverse, un petit frère en perspective ? Mme Lescure dessina rêveusement un point d'interrogation. Puis, de la pointe de son stylo, elle chercha la deuxième meilleure note et traça un trait sous le nom de Samir Ben Azet, 12,3. Surprenant ! Ce petit voyou avait de réelles capacités. Mme Lescure mit en marge un point d'exclamation. Elle voulait de tout son cœur comprendre ses élèves. Comme elle le disait vingt fois l'an au principal, M. Morentin, il était essentiel de connaître le milieu familial et les antécédents. Tout avait une explication, même les comportements en apparence les plus déconcertants.

Un bruit de chuchotements dans le couloir avertit la petite prof de l'arrivée des délégués de la 5e 6.

— Entrez, les enfants ! leur lança-t-elle.

Sébastien et Nouria se faufilèrent à leur place, après un bref « b'jour, m'dame ». Ils s'assirent côte à côte, le nez baissé, l'air prostré.

— Cela va bien, les enfants ? s'inquiéta tout de suite Mme Lescure.

Sébastien releva la tête et la regarda comme si elle était transparente. Nouria venait de lui raconter ce qu'Aïcha avait vu, la veille au soir, dans une rue des Quatre-Cents. Il mit bien dix secondes à comprendre la question que lui posait sa prof.

— Ça va, répondit-il enfin.

Mme Lescure rajouta un point d'interrogation sur son carnet en face du nom de Sébastien, avec la presque certitude que ses parents étaient en train de divorcer.

Mlle Berre, le professeur d'histoire et géographie, entra à ce moment-là et rougit en apercevant sa collègue.

— Chui z'en retard ? bredouilla-t-elle, déjà certaine d'être en faute.

— Non, non, c'est moi qui suis en avance, la rassura Mme Lescure.

Mais elle ne put s'empêcher de hocher la tête. Cette pauvre Mlle Berre ! Comment faire pour qu'elle s'arrange un peu ? Elle n'était pas vraiment vilaine mais elle se tenait voûtée et laissait pendouiller ses mèches de cheveux. Rien à voir avec la pimpante Nadia Martin, la prof de SVT, toujours sur son trente et un. Comme Mme Lescure pensait à elle, elle entra à son tour dans la salle de réunion. La petite prof de maths retint un cri. Nadia semblait tombée du lit. À 17 h 15 ! La tignasse rebelle, le chemisier boutonné de travers, le Rimmel lui faisant des coquards sous les yeux. Nadia porta la main à sa poitrine tumultueuse.

— Ouf, z'ai couru, dit-elle.

Et sans autre explication, elle s'affaissa sur une chaise et se soutint la tête entre les mains. Mme Lescure envisagea deux hypothèses. Soit Nadia Martin avait fait la fête avec des amis et, n'ayant pas cours ce mardi, elle avait récupéré jusque tard dans l'après-midi. C'était assez peu convenable, mais encore excusable à son âge. Soit Nadia s'était fâchée avec son petit ami et elle avait abusé des somnifères. Mme Lescure étant sentimentale, elle penchait vers cette solution et commençait même à s'attendrir sur le sort de la ravissante abandonnée. Mais Nadia, toujours plongée dans ses pensées, se mit à rire toute seule, nerveusement. Puis regarda dans le vide. Elle y vit Albert comme elle l'avait quitté, une demi-heure plus tôt, dans la chambre d'hôtel. Tout nu, tout brun, chaud, musclé, faraud. Beau mec. Nadia poussa un soupir qui n'avait rien de désolé.

Mme Dupond, la prof d'anglais, se présenta alors.

— Bonjour, bonjour, fit-elle sur ce ton pressé qu'elle prenait pour expédier les corvées. Il manque encore du monde ?

Elle fronça les sourcils, déjà excédée, et jeta un coup d'œil à la pendule. Mme Dupond, professeur principale des 5e 6, avait deux enfants en bas âge et naviguait à vue entre otite et varicelle.

— On va peut-être commencer ? demanda-t-elle à Mme Lescure.

— Tout de même, protesta la petite prof, il faudrait qu'il y ait au moins M. de… Ah, le voilà !

Mme Lescure ne trouva pas la force de saluer Jean-Hugues et resta bouche bée. Après plusieurs nuits blanches, le jeune professeur de français s'était endormi le front sur le clavier de son ordinateur. Il n'avait pas seulement l'air épuisé. Avec ses yeux d'un bleu exalté, ses cheveux en bataille, ses lèvres fiévreuses et écorchées, il paraissait totalement déglingué. Mme Lescure savait que le jeune homme venait de prendre un congé de maladie. Faisait-il de la dépression ? Jean-Hugues semblait hors du monde, hors d'atteinte. « Sous anxiolytique, peut-être ? » songea Mme Lescure.

— On y va ? la bouscula Mme Dupond. Commençons par…

Elle sourit en regardant le délégué des 5e 6.

— Les félicitations pour Sébastien !

— Ah, Sébastien ! s'exclama Jean-Hugues comme s'il venait de prendre conscience de sa présence. Qu'est-ce que vous avez fait de Joke ? Il est toujours dans la cave ?

Sébastien jeta un regard inquiet sur le reste de l'assemblée. Allait-il parler devant tout le monde de l'ectoplasme électrique ?

— Nnnon, balbutia le jeune garçon. On l'a mis dans la carrière.

— Écoutez, vous parlerez de vos déménagements plus tard, s'impatienta Mme Dupond. Donc,

Sébastien, passage en quatrième et félicitations. Samir Ben Azet ?

Nadia tressaillit et parut sortir à son tour de sa nébuleuse :

— Ah, oui, Samir !

C'était à cause de Samir que sa vie à elle avait basculé.

— Comment se fait-il que Samir ait eu en main un portable de marque MC ? se demanda-t-elle à voix haute.

Les yeux écarquillés, Jean-Hugues récita sur un ton de robot :

— La MC ? Il faut détruire la MC.

— C'est aussi ce que pense Albert, lui répondit Nadia.

Jean-Hugues crut remarquer quelque chose d'insolite.

— Vous connaissez Albert ?

— Bien sûr. Z'ai même cou… dor… dîné avec lui récemment !

Nadia avait rougi. Si elle ne se surveillait pas un peu, elle allait dire des incongruités.

— On est là pour le conseil de classe ? s'informa Mlle Berre, toujours prête à penser qu'elle s'était trompée d'heure, de jour ou de réunion.

— Mais bien sûr, s'obstina Mme Dupond, qui avait décidé de tracer. Alors, Ben Azet, passage en quatrième ? Évidemment, il pose quelques problèmes de discipline.

— Non, mais c'est pas de sa faute, protesta Sébastien. Il a sa sœur Lulu qui est malade et ses parents qui boivent…

— Mon Dieu, murmura Mme Lescure, s'empressant de noter en marge de son carnet : « alcoolisme parental ».

— Et en plus, il a dû s'occuper de nourrir Joke, ajouta Sébastien en cherchant un soutien du côté de Jean-Hugues.

— C'est son petit frère ? hasarda Mlle Berre.

Sébastien revit en pensée l'énorme monstre blafard qui se terrait dans les carrières.

— Pas… tout à fait, dit-il, cherchant toujours de l'aide du côté de Jean-Hugues.

— Mais non, corrigea le jeune prof, Joke, c'est un golem.

Il regarda les gens assis autour du cercle des tables.

— Vous savez ce que c'est qu'un golem, oui ? s'énerva-t-il un peu.

Il y eut un silence méditatif. Mme Lescure songea que M. de Molenne avait peut-être besoin de prolonger son arrêt maladie.

— On n'a pas encore parlé de Majid ? s'inquiéta Jean-Hugues.

En fait, il n'était venu que pour défendre le petit Majid Badach, menacé de redoublement.

— Non, on en est à Aïcha, se cramponna Mme Dupond. Alors, Aïcha, redoublement, je crois ?

— Moi, j'ai 9 en travaux numériques, fit Mme Lescure en soulignant la note d'un trait de stylo, et 6 en géométrie. Elle a baissé, ce trimestre.

— Mais c'est pas de sa faute ! couina Nouria, la grande copine d'Aïcha.

— Elle a un papa très sévère, c'est ça ? la questionna Mme Lescure, d'un ton compatissant.

— Non, c'est pas ça ! C'est à cause des esprits des morts qui la poursuivent. Elle les a même vus dans la rue, hier soir. Ils ont des griffes, des dents, euh… des poils.

Nouria n'avait jamais été très forte pour les descriptions mais son prof de français reconnut tout de même les hologrammes qui étaient sortis de son ordinateur.

— Les Malfaisants ! s'exclama-t-il. Ils se sont échappés de chez moi. Alors, Aïcha les a vus ?

— Oui, m'sieur, la peur de sa vie, m'sieur.

Mme Lescure avait déjà entendu parler des Requins Vicieux, une bande de jeunes qui faisait régner la terreur aux Quatre-Cents. Mais elle ne connaissait pas les Malfaisants.

— Écoute, Nouria, si ces Malfaisants rackettent Aïcha, il faut prévenir son père.

— Mais il la croivra pas, se récria Nouria. Moi aussi, au début, je la croivais pas.

Mme Dupond sauta sur l'occasion pour régler son compte à Nouria :

— Nouria, vu tes problèmes en conjugaison, le mieux, ce serait que tu redoubles avec Aïcha. Hein, on met redoublement aux deux ?

— Vous n'allez pas faire redoubler tout le monde ! s'insurgea Jean-Hugues. En tout cas, pour Majid, je m'y oppose formellement.

Mme Lescure appuya la pointe de son stylo sous le nom du petit Badach :

— Tout de même, je vous signale qu'il n'a eu que 6,5 ce trimestre en travaux nu…

— Mais c'est pas de sa faute ! l'interrompit Sébastien qui en oubliait d'être poli. Vous avez fait le contrôle le lundi et tout le week-end, Majid a dû surveiller Joke. Il a pas pu réviser !

— Alors, Joke, c'est le petit frère de Majid, fit Mlle Berre, contente d'avoir enfin compris quelque chose.

— C'est un golem, vous suivez un peu la conversation ? la houspilla Jean-Hugues.

— Un golem comme celui du zeu ? s'informa Nadia.

— Un golem de chez Golem, oui, continua de s'échauffer Jean-Hugues.

— Le zeu vidéo d'Albert ?

— Mais qu'est-ce que vous fricotez avec Albert ?

— Rien du tout, mentit farouchement Nadia. D'ailleurs, c'est vous qu'Albert veut voir.

— Ça tombe bien, ricana Jean-Hugues. J'ai deux ou trois bricoles à lui montrer parce que son jeu vidéo, figurez-vous qu'il sort de mon ordinateur en pièces détachées.

— C'est bien la réunion pour le conseil de classe ? fit la petite voix effondrée de Mlle Berre.

— Mais oui, gronda Mme Dupond. Seulement, si on perd son temps à parler de jeux vidéo, on n'en finira jamais. Bon, alors, Majid Badach ? « Passe en quatrième », c'est ça ?

— Attendez ! Moi, en géométrie, j'ai 4, ce trimestre, pointa Mme Lescure.

— Où est Albert ? demanda Jean-Hugues, qui suivait son idée.

— Dans…

Nadia repensa à la chambre miteuse où un grand lit les avait accueillis tous les deux.

— Ze ne dois pas le dire.

— Mais il faut que je lui parle, l'implora Jean-Hugues. On perd du temps, là…

— Je ne vous le fais pas dire, enchaîna Mme Dupond. Bon, Mamadou… En français, qu'est-ce qu'il donne ?

— Écoutez, madame Dupond, lui répondit Jean-Hugues aussi posément qu'il le pouvait, je peux faire sortir de mon ordinateur les personnages d'un jeu vidéo et j'ai chez moi un dragon virtuel dans une cage. Il n'est pas très grand, je vous l'accorde, mais il est quand même encombrant et j'aimerais pouvoir discuter de mon problème avec le concepteur du jeu.

— C'est la réunion pour la pièce de théâtre de fin d'année ? supposa la voix de plus en plus misérable de Mlle Berre.

De son côté, Mme Lescure avait noté « délire schizophrène » dans son carnet. Elle devait alerter M. le principal de toute urgence.

— M'sieur ? Vous avez VRAIMENT fait sortir le dragon ? souffla Sébastien, émerveillé.

— Oui, en très petit.

Entre ses deux mains, Jean-Hugues mesura quinze centimètres.

— Non, mais ! On va pas passer la séance à parler de jeu vidéo !

Mme Dupond s'étouffait d'indignation. Ces célibataires, on voyait bien qu'ils n'avaient à penser qu'à eux-mêmes !

— Parce que moi, j'ai mon Tanguy qui me fait ses dents et il a 39 de fièvre !

Mme Lescure lui jeta un regard de pitié. Elle ne se rendait donc pas compte que ce pauvre M. de Molenne était devenu fou ?

— Jean-Hugues, lui dit-elle très gentiment, vous réglerez plus tard votre petit problème de dragon.

— Mais c'est qu'il y a Natacha aussi, lui objecta le jeune homme. Pour l'instant, je ne l'ai pas fait ressortir de mon ordinateur parce qu'elle est assez dangereuse.

Il rectifia immédiatement :

— Pas par méchanceté, hein ? Mais elle est virtuelle, elle tire dans le tas avec son dégom-laser, elle ne comprend pas que ça tue.

Il précisa encore par souci de clarté :

— Plus exactement, chaque fois qu'elle tue, elle pense que ça lui donne un bonus.

— Bien sûr, approuva doucement Mme Lescure.

Pendant ce temps, Mme Dupond avait rassemblé ses affaires tout en expliquant à Mlle Berre que la nounou de sa fille Bérangère lui avait téléphoné sur son portable pour lui dire qu'elle était à la porte parce que son fils lui avait perdu les clefs et que si elle ne récupérait pas le carnet de santé de Tanguy avant 19 heures, elle ne pourrait jamais voir la pédiatre que sa sœur lui avait recommandée pour les enfants qui font des otites à répétition.

— Ah oui ? Ah tiens ? bégayait Mlle Berre pour avoir l'air de participer à quelque chose.

Nadia avait écouté Jean-Hugues avec un étonnement grandissant. Albert lui avait parlé des images subliminales qu'il avait glissées dans son jeu vidéo. Mais Jean-Hugues parlait de tout autre chose.

— Qu'est-ce que c'est que ces histoires de dragon dans une caze ? zézaya-t-elle. Vous délirez ou quoi ?

Mme Lescure lui fit « chut, chut ». Inutile de brusquer un malade en pleine crise.

— C'est sûrement pas du délire, intervint Sébastien. Nous aussi, on a un golem.

— Mais non, pas toi, Sébastien, le supplia Mme Lescure. Si tes parents ne s'entendent pas bien, en ce moment, dis-toi que ce n'est qu'une mauvaise passe et que tout finira par s'arranger.

— Mais ça va avec mes parents, la rassura Sébastien. Et ça va aussi avec le golem. On l'a caché dans la carrière.

— La carrière ? répéta Nadia.

Elle crut voir la solution à son propre problème.

— Nous sommes traqués par la MC, Albert et moi, dit-elle à Jean-Hugues, et on cherche une planque. Pourquoi pas la carrière ?

Plus ce qu'on disait à Jean-Hugues était énorme, plus l'information avait de chances de lui arriver au cerveau. Il admit donc sans discuter l'idée que Nadia aussi était poursuivie par les tueurs à gages de la MC.

— Moi, j'ai une meilleure planque, proposa Sébastien. Le camping-car de mes parents. Ils s'en servent que pour les vacances d'août.

Mlle Berre eut une brève illumination :

— C'est une réunion pour la sortie de fin d'année ?

La petite Mme Lescure se leva, à demi chancelante. Elle venait d'avoir, elle aussi, une illumination : la pâte à prout. Tout le monde possédait des pots de pâte à prout Mondialo au collège. Or, ils avaient dit à la télévision que certains pots contenaient peut-être une substance hallucinogène. Manifestement, Nadia, Jean-Hugues et Sébastien en avaient manipulé et s'étaient intoxiqués. Mme Lescure s'élança dans les couloirs à la recherche du principal :

— Monsieur Morentin ! Monsieur Morentin !

Quand elle le trouva enfin, elle était cramoisie, transpirante, échevelée. Elle avait l'air d'une folle.

— Ah, monsieur Morentin, c'est épouvantable ! s'écria-t-elle. C'est épouvantable ! M. de Molenne voit des dragons partout, des petits dragons.

Entre ses mains tremblantes, Mme Lescure mesura quinze centimètres.

— Et Nadia, Nadia Martin, vous la verriez, on dirait qu'elle a fait la noce pendant quinze jours, et même Sébastien, vous voyez qui, Sébastien de la 5e 6 ?

— Oui, oui, oui, fit M. Morentin en posant les mains sur les épaules de la petite prof pour tenter de la calmer.

— Il cache des golems dans une cave… ou une carrière… ou un camping-car. Enfin, c'est épouvantable !

— Épouvantable, répéta M. Morentin sur le ton de la plus grande conviction.

« Tout a une explication, songea M. le principal, même les comportements en apparence les plus déconcertants. » Mme Lescure était-elle en train de se séparer de son mari ? Ou bien s'était-elle mise à boire ?

CHAPITRE II

QUI N'EST PAS POUR LES ENFANTS

Albert était content. Vautré sur le lit défait, il lançait au plafond des ronds de fumée. Il était content et pourtant il ne lui restait que trois euros en poche. « Mais, songea-t-il, je n'ai plus besoin de poche. » Il était nu. Comme Nadia l'avait quitté une heure plus tôt. Il poussa un soupir de bien-être. Cette nana était vraiment, vraiment…

— Super, dit-il au plafonnier.

Ce fut la porte qui lui répondit. Toc, toc, toc.

— Houps, fit Albert en attrapant un caleçon. Qui est-ce ?

— Le Chat botté, fit quelqu'un de l'autre côté.

Albert entrouvrit la porte de sa chambre et vit Giraud sur le palier.

— C'est tout ce que vous a laissé la MC ? remarqua Giraud en entrant.

— La peau et les os, confirma Albert. Fermez la porte. Vous êtes sûr de ne pas avoir été suivi ?

Giraud haussa une épaule et posa sur le lit son ordinateur portable.

— Alors ? La MC veut aussi se débarrasser de vous ? lui demanda Albert à brûle-pourpoint.

Giraud confirma d'un simple signe de tête.

— Qu'est-ce que vous leur avez fait ?

— Je suis parti avant d'être licencié. Vous savez ce que veut dire « licencier » chez les MC ?

Giraud parlait tout en jetant un regard fureteur autour de lui. Il n'était pas en confiance.

— Vous tournez parano, hein ? se moqua Albert. Bon, moi, je vais jouer cartes sur table.

Il fit un geste pour montrer la chambre d'hôtel minable qui était son dernier refuge.

— Je n'ai pas trop le choix. Après, c'est la péniche de l'Armée du Salut et je ne crois pas que ma nana voudra m'y suivre.

Giraud tressaillit.

— C'est qui ?

Albert fit claquer sa langue.

— Ma nana.

Giraud se renfrogna un peu plus. Il était petit, gros et chauve. Albert l'agaçait. Ce type se prenait pour un génie du jeu vidéo. C'était un sale petit con.

Giraud s'assit sur le lit et ouvrit son portable. L'écran de l'ordinateur était son seul véritable interlocuteur.

— Vous savez que je travaillais sur le jeu Golem quand j'étais à Gruyères, reprit Albert. En fait, c'était un boulot… particulier.

Giraud semblait ne s'intéresser qu'aux menus qui se déroulaient sur l'écran, mais la voix hésitante d'Albert l'avait mis en alerte. Qu'est-ce que ce type avait bien pu trafiquer ?

— M. William, notre bien-aimé patron, continua Albert, a eu envie de s'offrir une expérience de manipulation mentale sur ses jeunes clients. Il m'a demandé d'insérer des messages subliminaux dans mes séquences vidéo. Juste un petit truc rigolo : « Achetez de la pâte à prout Mondialo ! »

Giraud pianotait sur son clavier. C'était compulsif chez lui, comme la cigarette pour le fumeur.

— Et… vous avez… obéi ? dit-il lentement.

— Oui.

Il y eut un silence entre les deux hommes. Giraud tapa : `C'est bien ce que je pensais. Ce type est une crapule.` Puis il effaça.

— Ça payait bien ? demanda-t-il d'un ton paisible.

— Un bon paquet de blé, oui. Mais j'ai fini par renoncer.

— Le remords ? ironisa Giraud.

— J'ai trouvé que ça sentait le chaud. Plus je travaillais sur Golem, plus j'avais l'impression que quelqu'un y entrait des données à mon insu. Le jeu… comment vous dire ça ? Le jeu m'échappait. J'ai pensé qu'il y avait des saboteurs dans mon équipe. Et je me suis demandé s'ils n'agissaient pas sur ordre de M. William.

Giraud tapa sur son clavier : J'ai pensé la même chose.

— OK, décida-t-il, je joue aussi cartes sur table. M. William m'a embauché parce que je suis le meilleur spécialiste des systèmes de sécurité…

Il écrivit : au monde, mais acheva plus modestement :

— En Europe.

— Pourtant, votre super-système nous a fait un big plantage, se moqua Albert.

Sur l'écran, Giraud lâcha : sale petit con et poursuivit sur un ton serein :

— Je n'ai eu que des problèmes avec l'installation de l'Artificial Logical Intelligence for Absolute Security. Moi aussi, j'ai eu le sentiment que M. William sabotait le travail dans mon dos.

— Il cherchait les failles ? suggéra Albert.

Giraud écrivit : Mon système de sécurité est béton. Mais comme je devais l'introduire dans TOUS les systèmes informatisés du siège, il y a peut-être eu des interférences entre les programmes ? Puis il aligna une bonne vingtaine de points d'interrogation. En fait, il n'avait rien compris à ce qui s'était passé. Mais il avait eu peur d'être accusé de sabotage et il s'était sauvé.

On toqua de nouveau à la porte. Albert et Giraud, qui vivaient tous deux sur les nerfs, eurent un même sursaut.

— Qui est-ce ?

Nadia donna son nom de code :

— Le Petit Chaperon rouge.

Albert cligna de l'œil vers Giraud :

— Ma vie est un vrai conte de fées.

La jeune femme entra et ravala un cri de frayeur en apercevant un inconnu assis sur le lit.

— C'est Giraud, le présenta Albert. J'ai réussi à mettre la main sur lui.

D'un air fat, il désigna Nadia à Giraud :

— Ma nana.

Giraud referma brusquement son ordinateur portable. Il n'aimait pas les femmes.

— Vous m'avez retrouvé mais vous ne pourrez plus me contacter, dit-il d'un ton précipité. Je vais quitter la France. Ma société m'envoie… très loin. Mais je ne veux pas partir sans vous donner un conseil.

Il ne parlait qu'à Albert.

— Hoax, dit-il en se levant.

— Hoax ? répéta Albert.

— C'est qui ? demanda Nadia.

Giraud écarta la question d'un revers de la main.

— La MC est un colosse, reprit-il. Mais même une multinationale a ses faiblesses. Vous avez entendu parler des pots de pâte à prout hallucinogène ?

Nadia et Albert s'entre-regardèrent. Il y avait donc quelque chose de vrai dans cette rumeur ?

— Hoax, dit encore Giraud. Et celui-ci vient de moi. Vous comprenez ?

Albert fit « oui » d'un battement de cils.

— Je vous laisse cet ordinateur, ajouta Giraud en se dirigeant vers la porte. Avec votre histoire d'images subliminales, vous allez pouvoir faire mal.

Nadia attendit que la porte se fût refermée pour commenter :

— C'est le zour des zinzins. Et toi, tu as fait vœu de ne plus t'habiller ?

Elle n'avait pas encore l'habitude de tutoyer ce grand gaillard et se sentit rougir. Albert craqua définitivement. Il l'attrapa par le bras et la serra contre lui :

— Tu sais que je suis dingue de toi ?

Il éclata de rire comme si cette constatation le prenait totalement au dépourvu. Puis il la repoussa et s'assit en tailleur sur le lit.

— Un portable Nouvelle Génération MC, murmura-t-il d'un ton attendri.

Il en caressa les contours avant de l'ouvrir. Il fit quelques manipulations puis lança un sifflement d'admiration.

— Ce carnet d'adresses qu'il a, l'enfoiré !

En quelques phrases, Albert expliqua à Nadia ce qu'était un hoax. C'était une rumeur lancée sur internet par des plaisantins ou des gens malintentionnés. Un jour, on recevait dans sa boîte aux lettres électronique un mail commençant ainsi : « À transmettre au maximum de gens possible ! Ne mangez plus de bananes pendant les trois prochaines semaines ! » Le mail vous expliquait ensuite que des bananes en provenance du Costa Rica étaient infectées par la fasciite nécrosante, la fameuse bactérie mangeuse de chair.

— En gros, si on mange cette banane, c'est elle qui finit par vous bouffer, conclut Albert avec un sourire engageant.

— Mais… c'est un canular stupide, s'étonna Nadia.

— C'est un hoax. Si dix personnes y croient et si elles envoient ce mail à dix autres personnes qui elles-mêmes, plus ou moins convaincues, font suivre… c'est l'effet boule de neige. Un jour, la presse en parle au conditionnel : « Des bananes du Costa Rica auraient été infectées… », et le lendemain, c'est le big reportage à la télé : « La France a peur. La banane a frappé ! »

— C'est idiot.

— Mais ça marche. La preuve ? C'est Giraud qui a lancé le hoax de la pâte à prout hallucinogène. Tout le monde en a parlé.

Nadia fit la moue, toujours réticente :

— Les zens n'y croient qu'à moitié.

— C'est déjà beaucoup, répliqua Albert. Regarde le carnet d'adresses de Giraud.

Il le fit défiler sous les yeux de Nadia. Des centaines et des centaines d'e-mails. Très probablement des fondus d'internet et des informaticiens, de puissants relais pour des hoaxes de bonne qualité.

— Et on va leur en servir, murmura Albert.

Il réfléchit un instant avant d'écrire :

Bonjour à tous ! Si vous voulez nettoyer votre cuvette WC, n'hésitez plus. Versez-y une bonne canette de Mondial Cola. Laissez agir une heure et tirez la chasse d'eau. C'est propre. En effet, Mondial Cola contient de l'acide phosphorique tout comme votre détartrant WC préféré. Et vous laissez boire ça à vos enfants ?! Merci MC !

Nadia lut par-dessus son épaule et se mit à rire.

— Et de un, fit Albert en expédiant son message à tout le carnet d'adresses de Giraud.

— Mais qu'est-ce que ça te rapporte ? l'interrogea Nadia.

— Je vais répandre le bruit que la MC est une secte, que M. William se prend pour le nouveau Messie, que dans le parc d'attractions de Mondioland on kidnappe des enfants pour leur prélever un rein, que...

— Mais on ne croira zamais un mot de tout ça ! se récria Nadia.

— On finira par tout croire parce que je vais aussi lancer une information vraie, vérifiable et scandaleuse.

— Laquelle ?

Albert prit un ton solennel pour énoncer :

— MC a mis des images subliminales dans le jeu vidéo Golem.

Nadia s'éloigna vers la fenêtre, laissant Albert s'échauffer face à son écran. Elle souleva le rideau pour regarder la nuit tomber. Elle commençait à bien connaître Albert. Le jeune informaticien ne pouvait pas dénoncer lui-même à la police les agissements de la MC, car il était concerné. Grâce à l'anonymat d'internet, il pouvait tout de même passer aux aveux.

Elle revint vers lui et le regarda de façon si appuyée qu'il finit par s'en apercevoir.

— C'est la guerre, déclara-t-il. Albert contre la MC.

Nadia ne répondit rien. Elle aussi détenait un hoax fabuleux, un hoax à révolutionner la planète internet : Attention ! Le jeu vidéo Golem a une certaine tendance à sortir de l'ordinateur. Jean-Hugues lui avait parlé d'hologramme. Albert était-il aussi responsable de cet inquiétant débordement du virtuel ?

Elle se pencha de nouveau par-dessus son épaule. Il tapait frénétiquement :

Nouvelle offensive de la firme mafieuse MC ! Après la pâte à prout hallucinogène, voici Golem, le jeu qui vient squatter vos écrans. Le but de la MC et de son patron-gourou, M. William, est aussi simple que terrifiant : manipuler l'inconscient des enfants ! En effet, ce jeu contient des images subliminales décelables au ralenti…

— Il y aura bien quelques petits malins pour vérifier, conclut Albert en expédiant le message.

Il savait que sa seule chance de refaire surface un jour était d'abattre la MC.

— Je suis le plus beau, fit-il en s'étirant.

Nadia lui passa distraitement la main dans les cheveux.

— Z'ai trouvé une planque qui ne nous coûtera rien, dit-elle enfin.

— Ah, tout de même ! Tu te remues un peu.

Elle lui décocha une pichenette sur le crâne.

— Et z'ai donné ma clef à Zean-Hugues pour qu'il aille me chercher des vêtements.

Albert regarda le plafonnier. Il n'aimait pas entendre « Zean-Hugues » dans la bouche de Nadia.

— Tu n'as pas été amoureuse de lui ? demanda-t-il à contrecœur.

— De qui ? De Zean…

— Oui, de Machin !

Nadia lui rit au nez. La colère alluma le sombre regard d'Albert. Mais il s'efforça de sourire.

— C'est où, ta planque, ma chérie ?

— C'est un camping-car, mon anze.

— Le camping-car de Machin ?

— Non, d'un de mes élèves. Sébastien.

Albert murmura :

— Il fera bien de se tenir à l'écart, Sébastien. On n'est pas dans une histoire pour les gamins.

Pourtant, le lendemain matin, Sébastien était avec Jean-Hugues à l'entrée du parking des camping-cars, derrière la gare RER.

— C'est quoi, toutes ces affaires ? s'informa Sébastien.

Jean-Hugues avait posé une grosse valise mais il gardait, serrée contre lui, une boîte en bois sérieusement ficelée.

— Des vêtements pour Nadia.

Sébastien regarda la boîte en se demandant quelle sorte de vêtements devait être aussi solidement empaquetée. Jean-Hugues en vérifia le ficelage puis la secoua. Il semblait préoccupé.

— Mais qu'est-ce qu'il y a dedans ? insista Sébastien.

À ce moment-là, Nadia et Albert surgirent de derrière la gare RER. Ils marchaient au pas de gymnastique. Leur hantise était de voir apparaître la camionnette blanche d'Eddie, le tueur à gages de la MC.

— Machin est arrivé, marmonna Albert. Mais pourquoi il se trimballe le gosse ?

— Tu n'aimes pas les enfants ? s'irrita Nadia. Moi, z'en veux trois.

Albert lui coula un regard inquiet.

Les retrouvailles entre Jean-Hugues et Albert furent d'une virile sobriété :

— Bonjour.

— Salut.

Sébastien conduisit le petit groupe à travers les allées en leur vantant les charmes du camping-car.

— Y a un coin douche-WC et deux banquettes transformables en lits. Moi, ce que je préfère, c'est le grand lit au-dessus des sièges avant. On monte par une petite échelle, ça fait comme une couchette de bateau si on tire le rideau…

— Eh bien, tire-le, l'interrompit Albert.

Nadia lui jeta un regard scandalisé. Mais Albert lui adressa une grimace gamine et elle sourit malgré elle.

Une fois dans le camping-car, Nadia ouvrit les placards et les tiroirs, testa le confort du lit pour deux. Un peu gêné, Jean-Hugues ressortit, laissant la jeune femme à ses satisfactions de maîtresse de maison. Sébastien le suivit peu après.

— Pour une fois, Albert a raison, lui dit Jean-Hugues. Il vaut mieux que tu ne traînes pas dans les parages. Allez, file !

Sébastien acquiesça et fit mine d'obtempérer. Mais il se retourna et, d'un mouvement de tête, il désigna la boîte que son prof n'avait toujours pas lâchée.

— C'est quoi ?

— Une surprise pour Albert.

Sébastien s'éloigna d'un pas. Mais de nouveau, il se retourna et chuchota, émerveillé :

— Alors, c'est vrai ?

Jean-Hugues prit un air modeste :

— Oui, mais en très petit.

— Zean-Hugues ! l'appela Nadia à l'intérieur du camping-car.

Il entra. Albert était allongé sur la banquette et fumait.

— Merci pour la valise. Vous avez même pensé au maquillaze. C'est très zentil, zézaya Nadia.

Jean-Hugues lui répondit d'un petit sourire triste, comme s'il comprenait soudain qu'il était passé à côté de quelqu'un. Une nana virtuelle, c'est bien. Mais ça ne vous donne pas cet air de propriétaire qu'affichait Albert.

Jean-Hugues posa sa boîte sur la table et prit une inspiration. Il n'avait pas envie de livrer son secret. Mais il savait que, s'il le gardait pour lui seul, sa santé mentale n'y résisterait pas.

— Albert, je dois vous parler.

Le grand gaillard se tourna vers le petit prof et, appuyé sur le coude, fit peser sur lui un regard condescendant.

— Est-ce vous qui avez programmé les personnages de Golem pour qu'ils puissent sortir de l'ordinateur ?

— Hein ?

Jean-Hugues aspira l'air une nouvelle fois et répéta :

— Est-ce vous qui avez programmé le jeu pour que Natacha, Joke, les Malfaisants et Bubulle sortent de l'ordinateur ?

Albert leva la tête vers Nadia :

— Tu le connais bien, ce type ?

— Il faudrait expliquer un peu mieux, Zean-Hugues, l'encouragea la prof de SVT.

— Il n'y a rien à expliquer, s'entêta Jean-Hugues. Joke est dans les carrières et se nourrit d'électricité. Natacha est dans mon ordinateur et je sais comment la faire sortir. Les Malfaisants ont dû éclater sous la dernière averse…

Albert continuait de regarder Nadia :

— Y en a beaucoup des comme ça dans l'enseignement ?

Nadia ne savait plus que penser. Elle poussa un soupir désolé. Puis regarda, intriguée, ce que Jean-Hugues était en train de faire. Il dénouait la ficelle autour de la boîte.

— Comme je me doutais que vous ne me croiriez pas, dit-il, je vous ai amené Bubulle.

Du coup, Albert se redressa. Nadia se pencha au-dessus de la boîte. Jean-Hugues eut envie de savourer ce bref instant de supériorité.

— Donc, je suis fou ? fit-il, la main sur le couvercle.

Les deux autres ne répondirent rien.

— Il n'y a pas de dragon dans cette boîte ? insista Jean-Hugues. Pas de Bubulle en modèle réduit qui crache du feu et vous flanque des décharges, hein ?

— Zean-Hugues, supplia Nadia, à bout de nerfs.

Lentement, lentement, le jeune prof entrouvrit la boîte. Bubulle était là, timide et recroquevillé. Le trajet l'avait secoué, sans doute. Il restait immobile et collé contre la paroi.

— Qu'il est mimi ! s'exclama Nadia étourdiment.

— C'est... c'est un produit dérivé ? bégaya Albert. La MC a sorti des dragons en plast... Mais il bouge ! Il a bougé, là ? Non ?

— Vous croyez ? interrogea paisiblement Jean-Hugues.

— Ça marche avec des piles ? C'est un genre de truc, là, de Furby ?

— Vous croyez ? répéta Jean-Hugues.

La petite chose avait redressé son museau. Ses yeux bleus étaient devenus rouges.

— Attention, prévint Jean-Hugues.

Soudain, Bubulle cracha sa flamme aussi loin qu'il put. Jean-Hugues éclata de rire et rabattit le couvercle. Puis, le regard halluciné, il dit très vite :

— Et chez moi, j'ai une fille avec un dégomlaser. Elle m'a tué mes poissons rouges et m'a fait une brûlure au cœur. Et même, je l'ai embrassée et ça fait mal parce qu'elle est électrique. Elle veut détruire la MC. C'est sa mission mais l'eau la fait disjoncter et elle n'a plus que deux vies. Et je l'aime…

Des larmes coulaient de ses yeux écarquillés. Albert avait de nouveau soulevé le couvercle et approché la main de Bubulle. Il la retira en poussant un hurlement.

— Saloperie ! Ça brûle !

Il referma la boîte d'un geste brutal. Sans cesser de pleurer, Jean-Hugues se mit à rire.

— Alors, je suis fou ? dit-il, tout près de sombrer dans la folie.

CHAPITRE III

LULU PÈTE LES PLOMBS

Assise à califourchon sur un ballon presque aussi haut qu'elle, Lulu faisait des bonds au milieu de la chambre.

— Voilà, dit Mme Ben Azet. C'est comme ça depuis des jours. Toute la journée, toute la nuit. Et moi, je lui dis : arrête, Lulu, arrête !

Les fesses posées au bord du lit de Lulu, le docteur Andrieu s'épongea le front.

— Si je ne l'avais pas vue avant, je sais bien ce que je dirais…

— Et c'est quoi que vous aurez dit ? demanda Samir.

Samir se tenait adossé au chambranle de la porte. Il se sentait les jambes flageolantes et la cervelle en bouillie. Lulu l'avait épuisé lui aussi.

— Enfant hyperactive avec trouble déficitaire

de l'attention, répondit le médecin. Une TDAH, comme on dit.

— Je l'ai eu quand j'étais petit ! s'exclama Samir. En CM1 ! Enfant hyperactif. C'était marqué sur mon carnet !

— C'est grave ? s'enquit Mme Ben Azet sur un ton résigné.

— Ça ne s'attrape pas comme la varicelle, voyons.

Le docteur Andrieu ne quittait pas Lulu des yeux, fasciné.

— Vous comprenez, dit-il comme s'il réfléchissait à haute voix, cette petite souffrait d'une maladie incurable.

— Ça veut dire inguérissable, traduisit Samir avec une pointe de fierté.

— Elle doit s'affaiblir, poursuivit Andrieu. Elle ne peut pas... elle ne peut pas sauter de la sorte.

Il y avait comme un reproche dans sa voix. Lulu était un pied de nez à la médecine.

— Il faudrait que je l'examine, soupira-t-il, mais...

Mais Lulu faisait des bonds, faisait des bonds, faisait des bonds...

— Touchez-la pas ! l'avertit Samir. Vous allez vous prendre une giclée.

— Pardon ?

— Lulu est devenue électrique, commenta Mme Ben Azet, un peu comme elle aurait dit : « elle nous refait pipi au lit ».

— Comment ça, électrique ?

— Elle fait des signaux lumineux à la fenêtre, dit Samir. Avec une ampoule.

— Une lampe de poche, supposa le médecin.

— Non, non, juste l'ampoule. Elle la tient entre ses doigts.

Andrieu le regarda en souriant d'un air stupide. Samir s'efforça de le rassurer.

— Une petite lumière, hein…

Le docteur Andrieu se leva soudainement.

— Une seconde, mon lapin. Lulu, arrête-toi une seconde.

Il tendit les bras pour tenter d'immobiliser la gamine.

— Ouch !

— Je vous avais prévenu, dit Samir. C'est une vraie pile.

Le médecin regardait sa main d'un air incrédule.

— C'est pas de sa faute, dit Mme Ben Azet. Elle se rend pas compte. On croirait qu'elle est plus avec nous.

Le docteur Andrieu se racla la gorge.

— Il faut que je vous parle. Seul à seule.

Il adressa à Samir un regard insistant.

— Ça va, j'ai compris, bougonna le garçon.

Il ouvrit la porte de la chambre. Curieusement, Lulu semblait avoir compris, elle aussi. Sans un mot, en quelques bonds, elle le suivit dans le salon.

Samir en voulait à sa petite sœur. Après tout ce qu'il avait fait pour elle, il la trouvait bien ingrate de le bouder ainsi, enfermée dans son univers d'énergie pure.

— Ça pue, ma vieille, dit-il. Tu devrais faire un effort parce que sinon…

Il laissa sa phrase en suspens pour s'approcher de la porte de la chambre. Il y colla son oreille.

— Le docteur dit qu'il faut que t'arrêtes les phosphates et le sucre… les œufs, le lait, le fromage, les gâteaux, le MC Cola… Trop dur… Tout ce qu'est bon !

Lulu s'était tournée vers son frère, attentive l'espace d'un instant.

— Il dit que t'es un cas… qu'il en a jamais vu des comme toi…

Lulu recommença à bondir sur son ballon multicolore.

— Maman demande ce que ça veut dire, trouble déficitaire. Elle dit que nous aussi on l'est, déficitaires, depuis que papa a perdu son boulot. Arrête de sauter, j'entends plus !

Samir appuya plus fort l'oreille contre la mince cloison, se bouchant l'autre avec un doigt. Il entendit sa mère se plaindre, dire que Lulu les ruinait, qu'elle faisait tourner le compteur EDF. Le docteur Andrieu promit à Mme Ben Azet que Lulu ne lui coûterait plus rien. Il avait une solution. Samir eut du mal à capter la suite. Le docteur et sa mère parlaient de plus en plus bas, comme des gens qui n'ont pas la conscience tranquille.

— Sur le Coran de La Mecque ! s'écria Samir, épouvanté. Ils vont t'enfermer dans un hôpital. Maman est d'accord pour signer les papiers. Lulu ! Elle va te vendre aux docteurs pour qu'ils fassent des expériences !

À présent, Samir entendait tout à fait clairement, pour la bonne raison que Lulu avait cessé son vacarme. Quand il se retourna, elle avait disparu.

— Lulu ?

Samir se précipita. La porte de l'appartement était grande ouverte. Le ballon descendait l'escalier en faisant bong ! bong !

— Merde…

Son premier réflexe fut de lui courir après. Mais il n'avait pas envie qu'on envoie Lulu dans un hôpital. Qu'ils se débrouillent pour la rattraper !

Samir revint dans le salon. Par la fenêtre, il vit Lulu traverser l'esplanade à bonds gigantesques parmi la foule ébahie. On aurait dit le Petit Poucet.

Samir savait très bien où elle se rendait et il n'y avait pas sept lieues à parcourir.

Lulu abandonna son ballon à l'entrée de l'immense caverne. Elle avança sur ses petites jambes, posant un regard désapprobateur sur ce qui l'entourait. Depuis leur horrible Mondial Aréna, la demeure de Joke était restée en désordre. Des objets de toutes sortes jonchaient le sol : tréteaux fracassés, morceaux de câbles, banderoles entortillées, casquettes publicitaires, canettes vides… Elle repéra même un sandwich à demi grignoté.

Elle connaissait le chemin. Au fond de la salle, une galerie menait à l'antre du monstre.

Lulu poussa un cri de stupeur. Joke ne ressemblait plus à un bon génie de conte de fées. On aurait dit plutôt une montagne de gelée translucide parcourue de lueurs bleutées. Sa bedaine colossale emplissait presque entièrement la grotte où il avait trouvé refuge. Il flottait dans l'air une odeur étrange, pareille à celle qui règne après un violent orage.

Lulu se tordit en vain le cou. Elle ne parvenait pas à apercevoir la tête de celui qu'elle considérait comme son seul ami. Joke avait-il seulement noté sa présence ? Rien ne l'indiquait.

— T'as vu ? T'as vu comment tu es ? lui dit-elle sur un ton de reproche. Et moi, maintenant, j'ai les phosphates. On veut m'amener à l'hôpital.

Un tremblement agita la masse informe du monstre. Le corps flasque de Joke émettait un bruit continu, une sorte de bourdonnement. Lulu eut l'impression désagréable d'être traquée par un moustique géant.

— Il faut te mettre au régime, insista-t-elle.

Elle chercha un argument choc pour l'impressionner mais se contenta d'ajouter :

— C'est bientôt l'été.

Le bourdonnement s'amplifia, jusqu'à dépasser en volume le ronflement du vieux congélateur de Mme Ben Azet.

— Je comprends rien à ce que tu dis. Je crois que tu dors. T'as trop mangé, alors tu fais la sieste. Hein, Joke ?

Pour toute réponse, elle reçut une pluie d'étincelles crépitantes.

— Tu te réveilles ?

Des spasmes secouèrent le ventre monstrueux, d'énormes vagues tremblotantes. Soudain, ce fut comme si l'air se déchirait autour de Lulu. Il y eut une déflagration, et la fillette se trouva projetée quelques mètres en arrière.

— Joke? Joke? gémit-elle. Tu me fais peur.

Des fumées l'enveloppaient.

— Je vais pas bien.

Il lui aurait été difficile de décrire ce qu'elle éprouvait à cet instant. Sans doute était-ce cette maladie dont parlait le docteur? Elle se sentait terriblement hyperactive. Mais elle ne pouvait plus bouger. Elle tremblait. L'énergie était dans son corps, dans ses nerfs. L'énergie la dévorait.

La dernière chose qu'elle entendit fut le grondement qui sortait du ventre de Joke. Un long, long roulement de tonnerre…

Samir avait craqué. Devant la fureur de sa mère, devant les sous-entendus inquiétants du docteur Andrieu, il avait fini par avouer qu'il croyait savoir où avait filé Lulu.

Le médecin avait fait venir une ambulance et le gros véhicule blanc roulait à présent en direction des carrières.

Samir espérait n'avoir pas commis une terrible erreur. Mais comment expliquer aux adultes que Lulu avait besoin de la présence d'une créature de jeu vidéo qui s'abreuvait aux lignes à haute tension ? À l'hôpital, loin de Joke, qu'allait-il advenir d'elle ?

D'un autre côté, Samir se rendait bien compte que sa petite sœur était en train de disjoncter. Les phosphates, tu parles ! Lulu avait pété les plombs. Cramé un fusible. « C'est pas un docteur qu'il lui faut, songea Samir en regardant l'homme en blouse blanche qui conduisait l'ambulance, c'est un électricien. »

Samir avait arraché la promesse qu'on le laisserait pénétrer seul dans la caverne. Il avait certifié que Lulu ne suivrait personne d'autre que lui.

Au moment de descendre de l'ambulance, il n'était plus si sûr de réussir à la convaincre.

Dix minutes. Sa mère lui avait donné dix minutes. Il ne lui en fallut pas deux pour découvrir Lulu. Sa petite sœur gisait, inanimée, tout près d'une patte phénoménale.

Samir leva les yeux et ravala une exclamation de stupeur. Comparé à Joke, Godzilla, c'était un ouistiti. Le monstre semblait assoupi. Il cuvait son trop-plein d'électricité.

Samir songea aux bottines confectionnées par Aïcha. Il lui en aurait fallu une comme ça par orteil, désormais.

Il s'approcha de Lulu, anxieux. La gamine respirait encore. Mais il fallait la sortir de là en vitesse. Et, plus tard, il faudrait s'occuper de Joke. Plus possible de le laisser bâfrer de cette façon. À force d'enfler, il allait finir par éclater.

Samir se baissa pour soulever Lulu.

— Aouah !

La douleur lui était montée jusqu'à l'épaule. Comme s'il avait enfoncé deux doigts dans la prise. Lulu était chargée à bloc. Impossible de la toucher.

Samir repensa aux bottines. Au costume taillé pour Joke dans une couverture de survie ignifugée. Il savait où le trouver. Ils en avaient fait une boule et l'avait fourrée dans un creux de la paroi crayeuse.

Il fonça dans la galerie souterraine et récupéra la grande feuille argentée cousue par Aïcha en forme de housse fantomatique.

— Voilà… comme ça…

Il étala la couverture sur le sol, près du corps inerte de sa sœur.

— Excuse-moi, Lulu.

Il la souleva en plaçant la pointe de sa basket sous son flanc et la fit rouler sur elle-même. Lulu ne pesait presque rien.

Puis Samir rabattit les pans de la feuille argentée pour empaqueter la petite. Au moment où il l'arracha de terre, Lulu poussa un léger gémissement.

Derrière lui, Joke répondit d'un long grogne-
ment empli de tristesse.

Le médecin et l'ambulancier se précipitèrent
sur leur jeune patiente.

— Touchez-la pas ! Mais touchez-la pas ! cria
Samir.

Ils s'écartèrent, perplexes, tandis que Samir
allongeait sa petite sœur à l'arrière du véhicule.
Comme il y montait à son tour, il aperçut du coin
de l'œil une autre fourgonnette, garée près d'un
pylône à haute tension. EDF avait envoyé une
équipe pour essayer de déterminer l'origine des
perturbations dont se plaignaient les habitants des
Quatre-Cents. Samir se demanda avec angoisse
combien de temps il allait leur falloir pour loca-
liser l'origine de la fuite.

À l'hôpital, Lulu ne tarda pas à devenir une
attraction. Les infirmières et les médecins venaient
la toucher du bout des doigts pour se prendre une
décharge électrique. Toutes les analyses mon-
traient que Lulu portait toujours en elle la terrible
maladie génétique qui l'avait clouée au lit pendant
des années. On s'interrogeait : que signifiait cette
crise d'hyperactivité, cet épuisant débordement
d'énergie ? Personne ne le savait. On essaya le
régime sans phosphates et la Ritaline, en vain.

Lulu réclamait du lait, du fromage, du chocolat et des biscuits. Et Lulu produisait de l'électricité.

Puis la petite fille eut moins faim. Devint moins agitée. Cessa de distribuer de fortes décharges électriques. S'ennuyait-elle ? Dehors, la pluie tombait et Lulu regardait la pluie tomber par la fenêtre de sa petite chambre d'hôpital.

Il pleuvait et la Force s'en allait.

CHAPITRE IV

ET LE GAGNANT EST…

Depuis sa cabine vitrée, Bernard Martin-Weber, le gérant de Mondiorama, jouissait d'une vue qui faisait ses délices. D'un seul coup d'œil, il pouvait embrasser la quasi-totalité des rayons, le grouillement de la clientèle et la batterie de caisses numérotées.

Aujourd'hui, le Mondiorama était en fête. Calicots, guirlandes d'affichettes et posters géants, ampoules clignotantes et animation musicale… c'était Noël au mois de juillet. BMW n'avait pas besoin de descendre parmi la foule des consommateurs pour sentir monter la fièvre. Il le savait. À cet instant, tous nourrissaient le même rêve : s'adjuger l'un des deux séjours à Mondioland promis aux vainqueurs du grand concours Mondiorama. Premier prix : un week-end pour deux personnes. Deuxième prix : un week-end pour deux personnes.

La fête, oui. Pourtant, Martin-Weber ne se sentait pas au mieux de sa forme. Quelques jours plus tôt, dans sa belle voiture, il s'était payé une série de poubelles avant d'emboutir la façade d'un immeuble. Il lui en restait un torticolis tenace et une douleur dans le coude gauche. Mais son malaise persistant n'avait rien à voir avec cet accident sans gravité. Ce qui le hantait, c'étaient les images qui lui avaient fait perdre le contrôle de son véhicule. Une horde de monstres venus d'un autre monde, des créatures emplumées, rampantes, visqueuses… qui rappelaient étrangement les Malfaisants du jeu vidéo Golem.

Martin-Weber avait eu l'imprudence d'en parler autour de lui. Puis, voyant qu'on doutait de son état mental, il avait fini par décider qu'il s'était endormi au volant. Il voulait à tout prix s'en persuader. Mais quelque chose en lui refusait de l'admettre vraiment. Et maintenant, plusieurs fois par nuit, il s'éveillait en sursaut.

— C'est ce qu'il me faudrait, marmonna-t-il.

Un week-end à Mondioland pour se changer les idées. Mais le séjour n'était pas pour lui, car les heureux gagnants sont…

BMW eut un petit ricanement. Depuis le

début de la matinée, il suivait le manège des gros malins qui s'y prenaient à dix fois pour faire leurs achats afin de multiplier les passages en caisse. S'ils l'avaient pu, ils auraient acheté la chaussette droite d'abord et la gauche ensuite.

Ils payaient et recevaient une enveloppe. À l'intérieur, tous ou presque trouvaient le même message :

MONDIORAMA VOUS REMERCIE
DE VOTRE VISITE
VOUS AUREZ PLUS DE CHANCE
LA PROCHAINE FOIS !

Des enveloppes gagnantes, il n'y en avait que cinq. On pouvait y lire :

FÉLICITATIONS !

VOUS ÊTES NOMINÉ POUR PARTICIPER À NOTRE GRAND JEU-CONCOURS : UN WEEK-END DE RÊVE À MONDIOLAND.

RENDEZ-VOUS À 17 HEURES SUR NOTRE PODIUM !

Pour l'instant, tout s'était déroulé comme prévu. Par bonheur, les fidèles clientes du Mondiorama avaient leurs habitudes. Mme Ben Azet s'était présentée vers midi, poussant son Caddie chargé de coquillettes et de litres étoilés. Mme Ben Azet avait eu de la chance. Mme Ben Azet avait été nominée.

— Ah ! s'exclama Martin-Weber avec soulagement. J'ai cru qu'elle n'allait jamais se montrer.

Tout en bas, dans le rayon Huiles et condiments, il venait de repérer Mme Badach.

Jacky colla sa main sur le petit écouteur pour mieux recevoir les indications de BMW. *Une fatma bien en chair, dans une robe à fleurs… elle passe toujours avec Maya, caisse 10.* Jacky fit un signe de tête en direction de la cabine vitrée, pour signaler qu'il avait compris.

Discrètement, il alla remettre une enveloppe à Maya. Plus discrètement encore, il souffla à l'oreille de la caissière :

— Pour Mme Badach. Pas de blague, hein ?

Puis il alla se poster près de la sortie de l'hypermarché, son micro sous le menton, prêt à bondir. « Cinq cents euros pour la journée », songea-t-il avec aigreur. Cinq cents misérables euros pour bidonner un concours et poser des questions débiles à des ménagères. Lui qui ne rêvait que de *prime time* et d'audimat !

La fatma n'en finissait pas de remplir ses poches en plastique. Voilà, ça y était enfin. Maya lui tendait l'enveloppe. Bon sang, elle ne l'ouvrait même pas !

Jacky s'approcha, tout en adressant quelques gestes impérieux à la caissière.

— Vous n'ouvrez pas, madame Badach ? demanda docilement Maya.

Emmé tira le petit bristol de son enveloppe, hocha la tête.

— Majid il me lira, dit-elle.

Jacky avait surgi auprès d'elle.

— Alors, alors ? demanda l'animateur avec gourmandise.

Emmé haussa les épaules.

— Ci trop difficile. Majid il me lira.

Jacky se pencha au-dessus de sa généreuse poitrine.

— Oh, mais il me semble que je vois… mais oui, madame Badach, vous êtes nominée…

— Comment que ti connais mon nom ? Ji te connais pas !

Mais Jacky ne l'écoutait pas. Jacky se laissait emporter par son enthousiasme. Dans son micro, il hurlait :

— Nooomiiinéée ! Voilà la cinquième nominée de notre grand jeu-concours un week-end de rêve à Mondioland ! Chères clientes, chers clients, je vous donne rendez-vous à toutes et à tous auprès de notre podium dans quelques minutes. Qui aura la joie d'embrasser Mondichette, qui connaîtra l'extase d'une virée infernale à Gruyèreland ? Nous allons tous le savoir dans un moment.

Mme Badach tarda à rejoindre les quatre autres concurrentes. Il fallut la pousser sur le podium tandis qu'elle gémissait :

— Mais ci pas possible ! Ji suis pas coiffée !

Enfin, elles étaient là toutes les cinq, alignées sous les spots. Jacky pouvait commencer.

— Notre questionnaire est un questionnaire de géographie en liaison avec notre opération Produits du monde Mondiorama. Madame Félix, si vous êtes passée par notre rayon Thé et café, vous avez sûrement remarqué notre promotion sur le café du Costa Rica, les deux paquets pour six euros jusqu'à la fin du mois. Madame Félix, pouvez-vous nous dire quelle est la capitale du Costa Rica ?

Mme Félix se mordit les lèvres, Mme Félix tritura une mèche de ses cheveux blonds, elle scruta l'assistance, elle émit un soupir de désespoir. Puis elle hasarda :

— Costa Rica City ?

Hélas, c'était San José. Mme Félix ne connaissait pas San José. Elle fut impitoyablement éliminée.

— Mais vous n'avez pas tout perdu, madame Félix. Votre Mondiorama vous offre en guise de consolation trois pots de pâte à p... hi ! hi ! hi !... vous choisissez les couleurs, regardez comme elle est belle la bleue les enfants adorent ça descendez du podium maintenant madame Félix.

Jacky tira la cliente par le bras pour la faire dégager. Puis, ayant repris son souffle, il se tourna vers Emmé.

— Madame Badach, vous n'avez pas pu rater notre super-promotion sur le Mondial Couscous à douze euros les trois boîtes géantes. Un couscous comme là-bas, dis. Et justement voilà ma question. Madame Badach, quelle est la capitale de l'Algérie ?

Emmé resta interdite. Ce qu'elle avait vraiment envie de dire, c'était que son couscous à elle n'avait rien à voir avec l'infâme pâtée du Mondiorama.

— Madame Badach ? s'impatienta Jacky.

— Ben, ci Alger. Ci ma ville que j'y suis née ! Et mon couscous il est…

— C'est votre dernier mot ?

— Ben oui.

— Mais bien sûr, madame Badach… Alger ! On l'applaudit ! Ah ! Ah ! Mondioland se rapproche !

Jacky se tourna vers la troisième candidate.

— Madame Renoncourt, vous êtes certainement gourmande comme nous tous des fameuses saucisses d'Ouzbékistan, six paires pour le prix de quatre jusqu'à la fin du mois au rayon Salaisons.

Ah! les saucisses fumées d'Ouzbékistan! Madame Renoncourt, pouvez-vous nous dire quelle est la capitale de l'Ouzbékistan?

Une lueur de panique passa dans le regard de la pauvre femme.

— De quoi?

— Allons, voyons, l'Ouzbékistan... je vous donne encore trois secondes. On ne souffle pas!

En vérité, personne ne soufflait.

— Tachkent, madame Renoncourt! Tachkent! Ah la la la la... descendez, madame Renoncourt, vous aussi trois pots de pâte à p... hi! hi! hi! vous choisissez les couleurs les enfants adorent ça.

Jacky s'épongea le front, jeta un coup d'œil sur ses fiches.

— Madame Ben Azet... aimez-vous les pizzas, madame Ben Azet... Ah! je vois bien que oui, la napolitaine est en promotion à deux euros cinquante au rayon Surgelés, profitez-en. La pizza, l'Italie, les gondoles, le Parthénon... ça fait rêver, hein? Madame Ben Azet, un petit instant de concentration. Pouvez-vous me dire... quelle est la capitale de l'Italie?

Mme Ben Azet demeura de marbre. Immobile sur le podium, elle regardait droit devant elle.

— Madame Ben Azet, la capitale de l'Italie, supplia Jacky. Vous savez, la Ville éternelle... celle qui rappelle une boisson des îles... au rayon spiritueux, madame Ben Azet… c'est si bon avec du sucre de canne ou avec un jus de fruits exotiques…

Mme Ben Azet fronça les sourcils, bredouilla quelque chose de façon inaudible.

— Répétez-nous ça, madame Ben Azet !

— Le rhum ?

— Mais oui, bien sûr, le rhum… euh… Rome ! Rome ! La capitale de l'Italie ! Applaudissements, s'il vous plaît.

Jacky était cramoisi. La sueur lui dégoulinait de partout. Mais le moment de la délivrance était proche. Il ne lui restait plus qu'à éliminer Mme Balthazar. Jacky ne se méfiait pas de cette grosse femme enveloppée dans un châle. Il avait tort. Il ignorait que Mme Balthazar avait exercé pendant trente ans le noble métier de professeur de géographie.

Elle l'écouta tranquillement vanter les nouilles aux petits légumes de Malaisie, en barquettes lyophilisées au rayon Cuisines du monde. Quand son tour de parler fut venu, elle annonça avec assurance :

— La capitale de la Malaisie est Kuala Lumpur. Mais, en principe, on ne dit plus Malaisie, on dit Malaysia.

— Ah ? Ah ah ah… c'est votre dernier mot, madame Balthazar ? Oui, je vois bien que oui.

Désemparé, Jacky chercha à croiser le regard de Martin-Weber qui observait la scène avec nervosité, perdu dans la petite foule.

— Alors là, nous avons trois candidates... trois candidates pour deux séjours de rêve à Mondioland... ah la la, quel suspense !

Il compulsait frénétiquement ses fiches, à la recherche des questions qu'il n'avait pas prévu de poser.

— Madame Gaspard... pardon, madame Balthazar, je commence par vous cette fois. Vous connaissez bien sûr Mondioland, ce parc d'attractions pour les petits et pour les grands, c'est quarante francs l'entrée ce n'est vraiment pas cher ah non c'est des francs suisses c'est pas donné quand même mais c'est si beau... Alors voilà. Madame Balthazar, pouvez-vous me citer six des six pays imaginaires qui composent Mondioland ?

— Six des six ? s'étonna Mme Balthazar.

— Six des six, confirma Jacky.

— Mais... ce n'est pas de la géographie.

— Si si... Mondioland est un pays, c'est de la géographie... Mondioland le pays de Mondichette de Mondada de Mondina de Mister C et de Mondoudou. Madame Balthazar s'il vous plaît il vous reste trois secondes on ne souffle pas dans le fond. Top, c'est fini, choisissez vos pâtes à p... hi ! hi ! hi ! la bleue est superbe les enfants adorent ça.

— Gruyèreland! cria Mme Balthazar. Gruyère-land!

— C'est trop tard, descendez, je vous prie.

— Mais les autres! protesta la grosse femme. Elles n'ont pas répondu. Il faut leur poser des questions.

— Pas la peine, il y a deux séjours de rêve à gagner et il ne reste plus que deux candidates. Soyez logique, madame Balthazar, ah je sens un petit brin de déception mais ça va passer voilà prenez la bleue les enfants adorent ça.

Non sans mal, Martin-Weber avait réussi à traîner les deux heureuses gagnantes dans une salle de réception, à l'écart du public. La façon dont le concours s'était déroulé n'avait pas plu à tout le monde. Dans l'assistance, quelques phrases déplorables avaient fusé, du style : « Si c'est un jeu que pour les Arabes, y a qu'à le dire. » Dur à entendre, pour un Martin-Weber. Mais, à présent, BMW tenait ses deux lauréates, et le sentiment du devoir accompli l'emplissait d'aise.

Mme Badach repoussa fermement la coupe de mousseux qu'il lui tendait.

— Alors, chère madame Badach, c'est votre Majid qui va être content !

Curieusement, la fatma ne semblait pas nager dans le bonheur.

— Trop de chance ci trop de chance, dit-elle sur un ton sentencieux.

Martin-Weber supposa qu'il s'agissait d'un proverbe de son pays.

— Dijà Majid il a gagné l'ordinateur. Cit fois, pit-être on pourrait donner à Haziz ?

— Haziz ? s'alarma BMW. Qui c'est, Haziz ?

— Ci un autre fils. Il est revenu. Et il est reparti…

— Mais il n'habite pas aux Quatre-Cents, votre Haziz ? C'est un concours pour les enfants des Quatre-Cents.

Du côté Ben Azet, une autre mauvaise surprise l'attendait. Mme Ben Azet s'imaginait déjà à Mondioland avec son mari.

— C'est pour les enfants ! s'énerva le gérant. Vous êtes trop vieille, madame Ben Azet, vous comprenez, vous êtes trop vieille !

Il n'y avait pas de temps à perdre. Le séjour à Mondioland était programmé pour le week-end suivant.

BMW mena l'affaire tambour battant. À la fin de la petite cérémonie de remise des prix, les deux gagnantes avaient tout entre les mains : les horaires impératifs, le programme des réjouissances, le Guide Officiel Mondioland, le passe 48 heures et les tickets repas.

Emmé fut impressionnée par l'efficacité de la MC. Sur tous les documents, le nom de Majid Badach figurait déjà en lettres imprimées.

— Je pensais pas qu'on était aussi potes que ça, remarqua Sébastien.

— J'en ai pas d'autres, répondit tranquillement Samir.

— Si tu voyais ta tronche ! On n'imagine pas du tout le mec qui vient d'avoir un super coup de bol.

Sans savoir pourquoi, Samir avait entraîné Sébastien dans la chambre de sa petite sœur. Assis sur le lit de Lulu, il malaxait un vieux pyjama semé de lapins roses. L'odeur qui s'en dégageait lui faisait du bien. Mais elle réveillait aussi en lui des sentiments douloureux.

— Enfin, rectifia Sébastien, c'est surtout ta mère qu'a eu de la chance.

— Ouais, de la chance… Tu sais, ma mère, jusqu'à hier, elle connaissait même pas le mot. Elle arrête pas de répéter qu'on va sûrement téléphoner pour me dire que c'est une erreur.

— Un qui gagne à tous les coups, c'est Majid, dit Sébastien.

— Tu crois que ça va marcher pour Aïcha ?

Pour Samir, le choix avait été vite fait. Son partenaire de week-end serait Sébastien. Majid n'avait pas hésité beaucoup plus longtemps. Mais là, la partie était loin d'être gagnée. Les parents de la petite Malienne étaient aussi stricts que ceux de Sébastien étaient cool.

À l'heure qu'il était, Emmé devait se trouver chez ses voisins de palier, avec un plateau de cornes de gazelle.

Majid avait eu le temps de plier ses t-shirts et ses jeans, de faire des bouchons avec ses chaussettes et de relire dix fois la grande feuille détaillant le programme des réjouissances. Il attendait. Cela faisait plus d'une heure qu'Emmé était chez les parents d'Aïcha.

Quand elle revint, Majid crut que c'était râpé. Dans l'œil d'Emmé brillait une lueur qu'il y avait rarement vue : de la colère.

— Ci pas possible di gens pareils !

Mais on pouvait compter sur Mme Badach. S'il l'avait fallu, pour Majid, elle aurait passé la nuit à parlementer.

— Cit pauv' pitite, ci pire qu'une isclave.

Emmé ronchonna comme ça pendant une longue minute avant d'annoncer la bonne nouvelle. Aïcha irait à Mondioland.

Elle se mit à rire.

— Ji ai dit à la maman : « Ji vais m'ennuyer sans Majid... Pit-être ji pourrais passer pour m'occuper de tes enfants? » Ci pas possible di gens pareils !

— Tu t'es encore fait avoir.

Emmé haussa les épaules et soupira :

— Ci vrai, Majid. Ji vais m'ennuyer. Ti n'es jamais parti de la maison. Tous ils sont partis. Et maintenant ci toi.

Majid sauta au cou de sa mère.

— Mais c'est que pour deux jours, Emmé ! Deux jours !

— Li zenfants, on sait quand ils partent, on sait jamais quand ils riviennent.

Curieusement, cette phrase fit vraiment de la peine à Majid.

Le vendredi soir, les trois garçons se réunirent chez les Badach. Deux choses les préoccupaient. Ou plutôt deux êtres, extraordinairement dissemblables et pourtant liés d'une mystérieuse façon. L'un était dans une sombre caverne. L'autre dans un sinistre hôpital. Qui allait surveiller Joke ? Qui irait voir Lulu ?

Ce n'étaient que deux jours. Mais deux jours à près de mille kilomètres de la cité. Deux jours, cela ne risquait-il pas d'être terriblement long ?

Majid n'eut aucun mal à en convaincre ses camarades : il n'existait qu'une personne au monde qui puisse comprendre leurs inquiétudes.

Le samedi matin, Jean-Hugues trouva dans sa boîte aux lettres un e-mail ainsi rédigé :

Cher Cali,

On part. On va tous au week-end de rêve à Mondioland. Nous c'est moi et puis Aïcha et Samir et Sébastien. On va s'éclater grave. Sauf qu'on s'inquiète pour Joke. D'après Samir qui l'a vu il est devenu monstrueux. C'est-à-dire encore plus. On a peur qu'il sorte tout seul de la carrière. Parce que là ça ferait du vilain. Genre Godzilla, je sais pas si tu l'as vu ? Ou même Godzilla contre Mothra la mite géante qui est encore meilleur. Samir dit qu'il faudrait le mettre au régime. Est-ce que tu peux demander à l'EDF de baisser un peu la sauce, tu vois, de mettre du courant moins fort ? Ou alors je pense qu'il faudrait lui mettre des chaînes comme King Kong à la fin du film mais ce serait triste. Surtout pour Lulu. Justement Samir s'inquiète aussi pour Lulu. Elle sera toute seule pendant deux jours. Si ça ne t'ennuie pas d'aller lui rendre une petite visite à l'hôpital ? Elle aime trop les caramels, je te signale. Mondioland c'est même pas en France. J'y crois pas qu'on va prendre l'avion ! À 7 heures du mat !

Ton copain Magic Majid !

PS : fais pas atencion pour l'ortograf c'est
    Sébas qui ma corigé par dessu mon épole.
    Je suis toujour normal.

Jean-Hugues fronça les sourcils. Mondioland ? Qu'est-ce que c'était encore que cette invention ? Il jeta un regard ironique vers ses rangées de
dictionnaires et encyclopédies. Inutile de chercher
là-dedans.

Il était tôt. Jean-Hugues alla se préparer une
tasse de café pour s'éclaircir les idées. Quand
il revint s'asseoir devant son ordinateur, il se
contenta de taper le mot : Mondioland, et de lancer
une recherche sur l'internet.

Il accéda au site sans difficulté. Une petite
carte colorée situait de façon précise le parc d'attractions. En Suisse. Non loin de Gruyères.

— Gruyères, murmura-t-il. La MC... Les
enfants !

Sa main se tendit vers le téléphone. Non. Pas
la peine. Ils étaient déjà partis.

Le monospace roulait à vive allure sur les
longues lignes droites de la nationale. Aïcha serrait contre elle son petit sac de sport, les yeux
rivés sur la route. Autour d'elle, les garçons lançaient des vannes. Ils étaient excités comme des
poux. Aucun d'eux n'était jamais monté dans un
avion. Aucun n'avait jamais quitté la France.

— M'sieur, m'sieur, quand c'est qu'on arrive ?
demanda Samir.

— M'sieur, m'sieur, on risque pas de rater
l'avion ? demanda Majid.

Le chauffeur jeta un coup d'œil dans son
rétroviseur.

— Hé ! les mômes, vous allez pas m'appeler
monsieur pendant tout le voyage ?

— C'est quoi votre nom, m'sieur ?

— Je m'appelle Eddie, dit Eddie.

CHAPITRE V

NATACHA FAIT DES DÉGÂTS

Nadia s'éveillait tout embrumée par la nuit qu'elle venait de passer. Albert n'avait pas cessé de râler. Il faisait orageux. Il y avait un moustique. Un trou au milieu du matelas. Puis dormir à trois centimètres du plafond, c'était un avant-goût du tombeau.

— Mais crève, avait fini par répondre Nadia, excédée.

Elle se redressa autant qu'elle put, la migraine lui battant les tempes. Un filet d'air frais lui parvint. La porte était ouverte.

— Albert ? Albert !

Albert était assis dans l'encadrement de la porte, le portable sur les genoux.

— Présent, répondit-il.

Il était en train de visiter un site consacré à la MC. Les auteurs y recensaient les hoaxes qu'avait lancés Albert. Mais, surtout, ils fournissaient la preuve que le jeu Golem contenait des images subliminales. Ils concluaient : « Les autorités françaises envisagent d'interdire la vente de la pâte à prout soupçonnée d'être hallucinogène. »

— C'est la dernière nuit que je passe dans ce camping-car pourri, annonça Albert.

— Moi, c'est la dernière nuit que ze passe avec toi.

Nadia détestait Albert.

— Ça, ça m'étonnerait, répliqua-t-il. Je ne t'ai pas dit que j'allais t'épouser ?

Nadia ne put retenir un rire. Elle descendit de son perchoir et vint s'asseoir tout contre Albert.

— C'est fatigant de vivre avec toi, murmura-t-elle au creux de son oreille.

— À qui le dis-tu ! Mais toi, tu peux toujours aller faire un tour.

Nadia frotta sa tempe douloureuse contre l'épaule du jeune homme. Tout bien considéré, elle adorait Albert.

— Tiens, voilà Machin, dit-il en apercevant Jean-Hugues au bout de l'allée.

Nadia comprit tout de suite qu'il y avait un nouveau problème.

— C'est le dragon ? lança-t-elle à son collègue.

71

Jean-Hugues eut l'air étonné. Pour lui, Bubulle était une affaire classée.

— Non, les enfants, la MC, Majid, balbutia-t-il.

— Qu'est-ce qu'il nous a encore inventé ? souffla Albert.

Mais c'était pour la forme. L'inquiétude l'avait déjà fait se redresser.

— Les gosses ont gagné à un concours Mondiorama, résuma Jean-Hugues. D'après ce que j'ai entendu dire, c'était tout bidonné. Ils ont gagné un voyage à Mondioland.

— Ça se précise, marmonna Albert.

— Tout de même, ils ne peuvent rien faire à des enfants ! protesta Nadia.

Albert fit la moue. Il connaissait la MC de près.

— Je vais aller les rechercher, dit-il sobrement.

Nadia porta ses mains jointes à son cœur. Elle ne s'écria pas : « Mon héros ! », mais l'intention y était.

— J'y vais aussi, décida Jean-Hugues.

Albert fronça les sourcils. Deux héros, c'était un de trop.

— Ils ne me connaissent pas, à la MC, argumenta Jean-Hugues. Je pourrai vous être utile sur place.

Nadia n'eut pas besoin de convaincre Albert de l'emmener. Il ne pouvait plus se passer d'elle.

— Si vous emmenez votre copine, moi aussi, décida Jean-Hugues.

Nadia et Albert le regardèrent, étonnés. Il rougit.

— Je prendrai mon ordinateur, bougonna-t-il.

Mme de Molenne fut enchantée de savoir que son fils partait en vacances avec deux amis, même si le but de l'expédition lui parut un peu décevant, d'un point de vue culturel.

— Le pays de Mondina et Mondichette, fit-elle, rêveuse, en examinant le prospectus.

— Et de Mondoudou, ajouta Jean-Hugues.

Étant psychologue, Mme de Molenne savait qu'il ne faut pas trop questionner son enfant sur ses amis. Elle chercha une formule indirecte pour satisfaire tout de même sa curiosité :

— Ce sont des amis que je connais ?

— Oui, Nadia Martin…

Dans un mouvement de ravissement, Mme de Molenne serra le prospectus contre elle. Nadia, la charmante professeur de SVT !

— J'en étais sûre ! explosa-t-elle, tellement heureuse de voir que son grand garçon avait fait le premier pas.

Jean-Hugues posa sur elle un regard vitreux. Sûre de quoi ?

— Elle vient avec son boy-friend, ricana-t-il.

Mme de Molenne laissa échapper un « Mon Dieu » assez mal venu. Jean-Hugues partait en célibataire avec un couple. C'était un peu bizarre.

— Et vous y allez comment ? demanda-t-elle, la voix mal assurée.

— En camping-car.

— En…

Là, cela devenait carrément très bizarre.

— Ce sont tes bagages ? questionna Mme de Molenne en désignant une grosse caisse en carton.

— Oui, j'emporte l'ordi. J'aurai l'air moins con.

Jean-Hugues vit dans le regard de sa mère qu'elle ne suivait pas son raisonnement.

— Ben oui, Albert aura Nadia, et moi, j'aurai…

Juste au moment de parler de Natacha, Jean-Hugues se souvint que sa mère n'était pas au courant de tout. Il se souvint même qu'elle n'était au courant de rien.

— Oui, toi, tu auras l'ordinateur, compléta Mme de Molenne, démoralisée.

Peu avant de s'en aller, Jean-Hugues se posa la question : avec ou sans le dragon ? Mais à qui le confier ?

— Maman, je peux te laisser Bubulle ?

Pour Mme de Molenne, Bubulle était un « dragon de Sumatra », une petite bête exotique en voie de disparition. C'était donc une lourde responsabilité.

— Il faut que tu me dises exactement ce qu'il mange.

— Rien.

La réponse était partie comme un coup de fusil.

— Rien ?

— Oui, je sais que ça ne fait pas beaucoup, s'empêtra Jean-Hugues. Mais les dragons de Sumatra sont des sortes de boas miniatures. Ils mangent énormément en un seul repas et, après, ils sont à la diète totale pendant un mois.

— Ah, tiens ? Juste un peu d'eau, alors ?

— Surtout pas ! Les dragons de Sumatra sont des modèles réduits de dromadaires. Ils stockent l'eau dans une bosse sous-cutanée au niveau de la queue. C'est très curieux.

— Et pour ses petits besoins, il faut...

— Rien du tout. Les dragons de Sumatra mangent leurs excréments. Le professeur Leclanpin les compare à des fours autonettoyants. En petit format, naturellement.

— Oh ! C'est vraiment un animal…

— … très curieux.

Ayant ainsi confié Bubulle, Jean-Hugues songea qu'il était temps pour lui de rejoindre Albert et Nadia au camping-car. Mme de Molenne se sentait terriblement oppressée. Elle retint son fils par le bras.

— Tout va bien, Jean-Hugues ?

— Oui, maman.

— Tu ne me caches rien ?

— Mais non.

Il embrassa sa mère puis, sur le pas de la porte, il se retourna :

— Je veux te dire, maman, que grâce à toi, malgré la mort de papa, j'ai été un petit garçon heureux.

Et il s'en alla.

— Devine qui vient dîner ? fit Albert à Nadia. Machin avec sa copine. Elle a l'air de peser deux tonnes.

— Va l'aider au lieu de débiter des andouilleries.

Jean-Hugues arrivait par l'allée, peinant sous le poids de son ordinateur MC. Son installation fut délicate. Nadia et Albert avaient déjà squatté le lit conjugal. Il ne restait que deux banquettes transformables en lits pour une personne. Jean-Hugues posa l'ordinateur sur l'une des deux. Albert vit venir le moment où Machin réclamerait un drap pour border le moniteur. Mais il n'osa pas en faire la plaisanterie. Les rapports de Jean-Hugues avec le virtuel le mettaient mal à l'aise. Après tout, l'allié de Golem serait peut-être un jour un homme très puissant.

Jean-Hugues ayant surtout conduit au Grand Prix de Monaco sur jeu vidéo, ce fut Albert qui prit le volant. À l'intérieur du camping-car, Nadia en profita pour essayer de rendre Jean-Hugues un peu plus bavard. Elle posa la main amicalement sur le moniteur bleu électrique.

— Alors, Natacha est à l'intérieur ?

Jean-Hugues lui fit un petit sourire buté.

— Mais comment peut-elle sortir ? insista Nadia.

— C'est moi qui la fais sortir.

Jean-Hugues avait relevé la tête d'un air de défi. Personne ne connaissait son secret. Le Maître des golems, finalement, c'était lui. Nadia se glissa à son côté, les yeux brillants de curiosité.

— Zean-Hugues, tu ne veux pas me dire…

— Non.

Le jeune homme s'était recroquevillé sur la banquette.

— S'il t'arrivait quelque chose, on ne pourrait plus sortir Natacha. Il faut taper ALIAS sur le clavier et après ?

— Ne te fatigue pas.

La colère envahit Nadia.

— Mais tu es con ! Tu n'as pas l'air de te rendre compte. C'est danzereux ce qui nous arrive. Le virtuel qui débarque ! C'est la MC qui est derrière tout ça et ils sont prêts à tout !

Jean-Hugues fit « non » de la tête.

— Mais si ! chuchota furieusement Nadia en lui donnant une bourrade dans l'épaule.

Elle était bien encadrée, entre un gros macho et un ado attardé.

Au repas de midi pris sur une aire d'autoroute, Albert fit semblant de nourrir l'ordinateur, « une cuillère pour Papa, une cuillère pour Maman ».

— Natacha n'est pas que virtuelle, lui signala Jean-Hugues. Elle peut vous éclater la tronche avec son dégom-laser.

— Ça veut dire quoi ? questionna Albert.

— Au lieu de vous tirer dans les pattes, intervint Nadia, vous feriez mieux de vous demander comment vous allez récupérer les enfants.

— Albert va sauter en parachute sur Mondioland et prendre Mondichette en otage, ricana Jean-Hugues.

Albert jeta un regard scandalisé à Nadia.

— Il est gonflant.

À la tombée de la nuit, le camping-car passa la frontière suisse. Nadia avait relayé Albert au volant. Elle se gara à une vingtaine de kilomètres du parc d'attractions. Les deux conducteurs avaient besoin de sommeil et ils gagnèrent le grand lit par la petite échelle.

Jean-Hugues attendit que leurs souffles réguliers lui parviennent. Alors, tout doucement, il quitta son lit puis s'approcha de son ordinateur. Loin de sa mère et de l'internet, sa solitude était profonde.

— Natacha, murmura-t-il.

Il débrancha le petit frigo du camping-car et enfonça la prise de son ordinateur. Il ne savait pas encore lui-même ce qu'il allait faire. Dès que l'écran se mit à scintiller, l'étoile à cinq branches apparut avec le message : Je suis celui qui est autrement appelé. Jean-Hugues tapa ALIAS puis, comme l'ordinateur lui réclamait : Entre ton nom, sans prendre le temps de la réflexion, il tapa le mot, le seul mot qui pouvait délivrer sa princesse. CALIMÉRO.

L'ordinateur se mit à ronfler, projetant dans l'air l'image de Natacha, le dégom-laser à la hanche, short et débardeur moulant ses formes pleines. Le faisceau lumineux réintégra aussitôt l'ordinateur. Le processus de matérialisation était de plus en plus rapide et précis. Mais les premiers gestes de Natacha avaient toujours cette grâce lente de la rêveuse qui revient au monde. Dans la nuit du camping-car, un halo bleuté suivait les lignes de son corps. Jean-Hugues regardait bouche bée, au bord de la syncope. Qu'avait-il fait ? Qu'allait-il faire ?

— Natacha, chuchota-t-il.

Elle l'avait vu. Cette fois, il n'eut aucun geste à faire car ce fut elle qui avança la main vers lui. Elle caressa l'air tout autour du jeune homme, dessinant sa joue, son épaule. Puis elle posa l'index sur ses lèvres. Natacha avait bien une consistance. Son doigt pesait sur la bouche comme pour intimer le silence. Mais il était froid et légèrement grésillant.

— Jean-Hugues, dit-elle.

Sa voix, encore un peu métallique, s'était ancrée dans les graves. Jean-Hugues en frissonna.

— Tu es un… homme, fit-elle.

Elle prononça « homme » sans faire la liaison avec l'article, comme quelqu'un qui découvre le mot et l'essaye pour la première fois. Elle promena sa main sur le visage du garçon, enfonçant la pulpe de ses doigts dans la chair des joues puis caressant le front lisse.

— Homme, murmura-t-elle.

— Je t'aime, dit-il.

— Je t'aime, fit-elle en écho.

— Mon amour.

— Mon amour.

Il sourit. Elle sourit. Un homme et une femme. C'était presque ça. Un cri terrible déchira l'enchantement.

Sur la couchette supérieure, Nadia s'était éveillée et elle avait vu cette forme nimbée de bleu. *Pwijj!* Le coup partit du dégom-laser.

— Nadia, baisse-toi ! hurla Jean-Hugues.

Pwijj, pwijj! Deux traits suivirent.

— *Reload*, fit la voix de Natacha, devenue caverneuse.

— Non, non, arrête, supplia Jean-Hugues. Ce sont des alliés, arrête !

Pwijj, pwijj. Un déluge de feu blanc-bleu s'abattit sur le camping-car. Nadia et Albert s'étaient tassés contre la paroi. Albert poussa un cri. Un trait de laser venait de l'atteindre à l'avant-bras tandis qu'il cherchait à protéger Nadia. La brûlure était terrible et les chairs commençaient à s'écarter.

— De l'eau ! cria-t-il à Jean-Hugues. Jette-lui de l'eau !

Pwijj, pwijj, reload. Jean-Hugues rampa vers la bouteille d'eau. Mais avant qu'il ait pu s'en saisir, Natacha l'avait pulvérisée. Jean-Hugues ne vit plus qu'une solution. Il se redressa en écartant les bras.

— Vas-y, tue-moi.

Pwijj. Le trait de laser passa à côté de lui. Natacha baissa son arme vers le sol.

— Tu es un… homme.

— Oui. Et les deux autres aussi sont « homme ». Ils n'ont qu'une vie, comme moi. Tu dois comprendre…

— Je vais crever ! l'interrompit Albert d'une voix terrorisée.

Sa blessure au bras continuait de s'ouvrir, comme si un scalpel invisible poursuivait l'œuvre du dégom-laser.

— Zean-Hugues, c'est affreux ! sanglota Nadia.

Elle en oubliait sa peur de la guerrière. Il lui semblait qu'Albert allait se déchirer tout entier.

— Tu as vu ? hurla Jean-Hugues en se tournant vers Natacha. Tu as vu ce que tu as fait ?

— J'ai un bonus ? s'informa-t-elle.

Albert hoquetait de douleur. Nadia s'étouffait de sanglots.

— Mais fais quelque chose, fais quelque chose, supplia Jean-Hugues.

Natacha grimpa les échelons et se pencha sur Albert qui se tordait sur le lit. À sa ceinture pendaient une dizaine de toutes petites gourdes. Elle en détacha une et la renversa au-dessus de la blessure. Il n'en sortit rien qu'un peu de lumière. En quelques secondes, les lèvres de la plaie se refermèrent puis toute trace de brûlure disparut.

— C'est guéri ! s'écria Nadia, toujours sanglotant. Elle l'a guéri !

— J'avais gagné des « trousses de soin » dans le jeu, se souvint Jean-Hugues, émerveillé.

Albert se redressa sur un coude, les traits encore déformés par la terreur.

— Il faut la destroyer, souffla-t-il à Jean-Hugues resté en bas, pensant n'être pas compris de Natacha.

Un *clac clac* de mauvais augure lui répondit. Natacha rechargeait son dégom-laser.

— Pas l'eau, dit-elle de sa voix de robot.

— Elle peut nous aider, plaida Jean-Hugues, c'est une a… alliée.

Il avait un peu buté sur le mot car, au milieu du camping-car transformé en champ de bataille, il avait quelques doutes.

Natacha restait perchée sur l'échelle. Elle regardait Nadia et Albert qui se tenaient serrés l'un contre l'autre.

— Homme, dit-elle avec sa voix de rêveuse qui s'éveille.

CHAPITRE VI

UNE QUESTION DE JOURS

Le départ de son fils avait plongé Mme de Molenne dans une inexplicable tristesse. Dès le lendemain, elle décida de se secouer en faisant un peu de rangement. « Je vais commencer par le bureau de Jean-Hugues », se dit-elle. Étant psychologue, Mme de Molenne savait qu'on ne doit pas chercher à connaître les petits secrets de son enfant. Elle avait donc adopté une tactique qui consistait à prendre un air de grande indifférence quand elle était sur le territoire de Jean-Hugues. Non, vraiment, elle n'était pas concernée par cette lettre traînant sur le bureau ni par ce papier sorti de l'imprimante. Elle s'approcha et vit qu'il s'agissait d'un mail. Peu importait, du reste, puisque cela ne l'intéressait pas. `Cher Cali, on part, on va tous au week-end de rêve à Mondioland`. Le mot de « Mondioland » fit tressaillir Mme de Molenne.

C'était là que Jean-Hugues était parti. Du coup, elle se saisit du mail et le lut tout entier. Nous, c'est moi et puis Aïcha et Samir et Sébastien. Les élèves de Jean-Hugues allaient, eux aussi, à Mondioland. Quelle drôle de coïncidence !

Majid — c'était lui qui signait le mail —, Majid délirait sur un de leurs copains surnommé Joke. Mme de Molenne lut le passage assez distraitement puis fronça les sourcils au moment où Majid évoquait Lulu à l'hôpital. Mme de Molenne connaissait l'histoire de la petite sœur de Samir, cette fillette condamnée par une maladie génétique. Elle savait que M. et Mme Ben Azet ne s'occupaient guère de leurs enfants et résolut d'aller voir la petite Lulu en début d'après-midi. Elle lui apporterait des caramels. Comme elle se faisait cette promesse, son regard tomba sur la boîte où était enfermé Bubulle. Jean-Hugues ne semblait pas se soucier beaucoup de la petite bête.

— La boîte est minuscule, constata Mme de Molenne.

C'était atroce de laisser ce pauvre dragon de Sumatra dans une prison percée de quelques trous.

— Et s'il avait soif quand même ?

Mme de Molenne posa sur le bureau de Jean-Hugues une soucoupe emplie d'eau puis elle entrouvrit la boîte. Bubulle releva la tête. Mme de Molenne poussa un cri de surprise. Le dragon retournait peu à peu à l'état d'hologramme et la lumière semblait le transpercer. Il était en manque sévère d'électricité. Reconnaissant la big boss au balai, celle qui l'avait vaincu en l'enfournant dans le micro-ondes, il se tassa craintivement au fond de la boîte.

— Mini, mini, mini, tenta de l'apprivoiser Mme de Molenne.

Elle lui présenta la soucoupe. De l'eau ! Elle voulait le destroyer complet. Bubulle décida de faire le mort, le museau dans les pattes, les yeux fermés.

— Mini, mini, mini…

Il y avait en Mme de Molenne des trésors de tendresse qui ne demandaient qu'à se déverser. Très imprudemment, elle passa le bout des doigts sur l'encolure du dragon et en ressentit un désagréable picotement. Elle se souvint alors de l'avertissement de Jean-Hugues. La petite bête était venimeuse. Affolée, Mme de Molenne courut à la cuisine et se plongea la main dans une cuvette d'eau glacée.

Bubulle rouvrit un œil. Il lui fallait sa dose d'électricité et il savait où se trouvait la borne de rechargement. Il jeta un regard inquiet vers la porte. Ze problèmo, c'était la boss. Elle changeait de niveau si vite que c'en était quasiment de la triche. Bubulle posa les pattes avant sur le rebord de sa boîte, prêt à bondir. *Damned! La revoilà!*

— Mini, mini, reprit Mme de Molenne. C'est incroyable, il a refermé les yeux. Il est rusé comme tout.

Bubulle décida alors de frapper un grand coup. Il ouvrit la gueule et cracha une flamme pâlichonne. Mme de Molenne s'écarta:

— Mais qu'est-ce que c'est?

Bubulle sauta hors de sa boîte et trottina jusqu'à la commode sous laquelle se trouvait son salut: une prise électrique. Il y plongea la queue. Ah, que c'était bon! Le super super bonus... Mais pendant le temps de charge, Bubulle se déconnectait. Mme de Molenne, à plat ventre devant la commode, eut donc tout loisir de contempler cet incroyable spectacle, un dragon de Sumatra rechargeant ses accus. Cette fois, Jean-Hugues n'était pas là pour prétendre que Bubulle était un proche parent du poisson-torpille. Cet animal n'était pas « curieux ». Il était invraisemblable.

Soudain, un frisson parcourut Mme de Molenne. Elle venait de faire un étrange rapprochement. Que disait le mail de Majid? Elle reprit le papier: … on s'inquiète pour Joke… Est-ce que tu peux demander à l'EDF de baisser un peu la sauce, de mettre du courant un peu moins fort? Des pensées vagues et menaçantes commençaient à envahir l'esprit de Mme de Molenne. Elle ne parvenait pas encore à imaginer l'inimaginable mais elle s'en approchait.

Après le déjeuner, elle s'assura que le bureau de Jean-Hugues était bien fermé, enfila un ciré jaune et partit pour l'hôpital. Une sorte d'intuition, de celles qui vous font pressentir le pire, guidait ses pas. Mme de Molenne s'arrêta devant une confiserie pour acheter des caramels mous. Trois pas sur le trottoir et elle se retrouva toute trempée. Il faisait un temps à ne pas mettre un dragon dehors. « Et il va pleuvoir jusqu'au 14 juillet, comme tous les ans », songea-t-elle.

À la réception, on fut très content que quelqu'un vienne pour la petite Ben Azet.

— Vous êtes sa mère ? hasarda une infirmière.

Mme de Molenne comprit que Mme Ben Azet n'était même pas venue rendre visite à son enfant.

— Je ne suis qu'une amie, répondit-elle. Comment va Lulu ?

— C'est le problème, justement. On essaye de contacter les parents depuis hier. Ils ne sont jamais chez eux.

Mme de Molenne regarda son joli paquet de caramels enrubanné.

— Mais la petite ? insista-t-elle.

L'infirmière baissa pudiquement les yeux.

— C'est une question de jours…

L'agitation était retombée. Lulu était mourante.

— Est-ce qu'il est possible de la voir ?

L'infirmière eut un grand sourire.

— Oh, ça, oui ! Elle n'a pas beaucoup de visites…

Depuis que sa maladie l'avait reprise, Lulu n'était plus un cas intéressant. On la laissait mourir tranquillement.

Mme de Molenne ne connaissait Lulu que par ouï-dire. Son cœur se serra à la vue de l'enfant toute menue et décolorée sous le drap blanc. Une seule perfusion maintenait l'hydratation du petit corps.

— Elle ne souffre pas ? s'inquiéta Mme de Molenne.

— Mais non, répondit l'infirmière en s'en allant bien vite.

À l'abandon. Ce furent les mots qui vinrent à l'esprit de Mme de Molenne. L'enfant était laissée à l'abandon. Comme un coin de jardin en friche. Comme un chien au bord de la route.

Mme de Molenne posa les caramels sur la table de chevet puis s'assit sur le lit. Elle croisa les mains sur ses genoux, ferma les yeux et pensa à son mari qu'elle avait longtemps accompagné dans la maladie. L'enfant allait mourir sans même un regard d'amour sur elle. Mme de Molenne eut l'impression qu'elle n'avait pas été conduite auprès d'elle par le seul hasard. Elle rouvrit les yeux et, doucement, passa la main dans les cheveux bouclés. Était-ce possible ? Elle ressentait comme des picotements au bout des doigts. Lulu… Bubulle…

— Joke…

L'enfant venait de parler. Mme de Molenne se pencha vers elle.

— Qu'est-ce que tu dis, ma chérie ?

— Maman, murmura Lulu, il faut sauver Joke.

L'enfant semblait perdue dans un rêve.

— Joke est tout chmouf. C'est pour ça. J'ai plus la Force, maman.

— Tu vas bientôt aller mieux, mentit Mme de Molenne. Les docteurs l'ont dit.

— Ils savent rien, les docteurs, répondit Lulu dans un souffle. Il faut aller donner à manger à Joke.

Mme de Molenne songea alors que la fillette avait peut-être laissé chez elle un hamster ou un poisson rouge dont elle s'inquiétait. Mais l'explication ne la satisfaisait pas totalement. Le mail de Majid parlait aussi d'un certain « Joke ».

— Il est dans ta chambre ? s'informa Mme de Molenne, sans être sûre que Lulu l'entendait.

La petite sourit faiblement, sans ouvrir les yeux.

— Non, maman, il est dans la carrière.

Mme de Molenne sentait qu'elle touchait presque du doigt la vérité. Mais, comme dans les labyrinthes à la foire, sa main heurtait une paroi de verre, puis une autre.

— Fais vite, maman, chuchota l'enfant.

« C'est une question de jours », avait dit l'infirmière. Mme de Molenne se releva. Faire vite, mais faire quoi ?

— Embrasse-moi, maman, réclama Lulu.

Elle gardait les paupières closes pour maintenir l'illusion que sa mère était venue la voir. Mme de Molenne effleura sa joue et reçut une petite décharge d'électricité statique.

Avant de retourner dans son appartement, sans trop savoir pourquoi, elle fit un détour par les carrières de gypse abandonnées. Sans doute était-ce l'endroit dont Lulu lui avait parlé. Elle eut la tentation de descendre de voiture pour aller inspecter ces lieux étranges. Mais c'est le moment que choisit l'orage pour redoubler de violence. Il y eut un roulement de tonnerre. Puis, comme en écho, Mme de Molenne crut entendre une sorte de hurlement qui la fit frissonner. Elle se promit de revenir un autre jour, par temps sec, et d'essayer de résoudre l'énigme dissimulée par ce nom farceur : Joke.

Si elle s'était aventurée dans la grande caverne, Mme de Molenne aurait découvert un spectacle de désolation. Les pluies abondantes de ce mois de juillet s'y étaient infiltrées par les voûtes fissurées. Devant l'entrée des galeries souterraines, un lac s'était formé où l'on voyait flotter les vestiges de la Mondial Aréna.

Cela faisait plusieurs jours que Joke n'avait pu quitter son repaire. L'eau coulait du ciel, l'eau s'étendait à droite comme à gauche. L'eau l'empêchait d'aller satisfaire au pylône de l'EDF son appétit devenu boulimique. L'eau l'affamait.

Quand il s'approchait du petit lac, Joke y voyait son reflet. Chaque jour moins haut, chaque jour moins gros. Et il avait faim d'autre chose que d'électricité. Oui, autre chose lui manquait. Perché sur un rocher au bord de l'eau, tendant ses pattes, il appelait dans un cri déchirant :

— Ami… Ami…

Dans l'appartement, Bubulle attendait l'ennemie de pied ferme. Gonflé à bloc, pétant la forme, il trottinait entre les meubles avec la vivacité du lézard qui se glisse entre les roches. De temps en temps, *just for fun*, il crachait sa petite flamme et regardait d'un air de satisfaction pensive le trou de roussi dans la moquette. Tout n'était pas nul dans ce jeu.

— Mais quelle plaie, ce machin ! s'exclama Mme de Molenne en l'apercevant.

Se souvenant de sa première victoire sur l'adversaire, elle courut chercher son balai. La croyant en déroute, Bubulle se redressa fièrement sur ses pattes arrière.

— Allez, *pchui* !

Enfer et déconfiture. L'arme surpuissante ! Bubulle s'aplatit en signe de reddition puis se mit à ronronner comme un chaton sans défense.

— Une véritable infection, murmura Mme de Molenne, nullement attendrie.

Elle donna quelques petits coups de balai dans les flancs de la bestiole, qui se mit à alterner ronrons et couinements.

— Je vais le remettre dans sa boîte, décida Mme de Molenne.

La prison ? Ah, ça, non ! Bubulle en avait ras les écailles. Il s'écrasa un peu plus sur le sol et endura les coups de balai sans bouger d'un millimètre, *ron, ron, couine, couine*. Mme de Molenne renonça brusquement à l'opération de mise en boîte. Son regard venait de se poser sur le mail de Majid. Elle le relut en frissonnant : Sauf qu'on s'inquiète pour Joke. D'après Samir qui l'a vu il est devenu monstrueux. On a peur qu'il sorte tout seul de la carrière. Un monde extraordinaire s'entrouvrait devant Mme de Molenne mais son esprit rationnel préférait rester sur le palier.

Un bruit de trottinement lui fit baisser les yeux. Bubulle s'était faufilé jusqu'à elle et, aplati à ses pieds, il levait vers elle un regard d'imploration. Cela devenait gênant. Mme de Molenne n'avait jamais persécuté un être vivant. Mais était-ce bien un être vivant ? La sonnerie du téléphone l'arracha à ses réflexions.

— Jean-Hugues !

Malheureusement, ce n'était que la rédactrice en chef de *Psychologie, les clefs de l'esprit*, qui attendait d'elle un article sur les dangers que les jeux vidéo font courir aux enfants.

— Quels dangers ? demanda machinalement Mme de Molenne.

— Mais vous savez bien, s'étonna la rédactrice en chef. Les risques de confusion entre le virtuel et le réel…

— Aucun risque, l'interrompit Mme de Molenne.

En face d'elle, Bubulle faisait le beau, assis sur sa queue de dragon.

— Tout de même, il faudrait nuancer, objecta la rédactrice en chef. Les jeux sont parfois tellement réalistes que les enfants risquent…

Clic. Mme de Molenne avait raccroché. Elle s'accroupit et gratta la moquette :

— Mini, mini, mini…

Le petit dragon retomba sur ses quatre pattes et vint tout près, tout près de la boss au balai. Il était bel et bien apprivoisé. Mme de Molenne s'éloigna vers la cuisine, Bubulle sur les talons. Ce petit compagnon lui faisait mesurer à quel point sa solitude était réelle.

Le soir venu, elle laissa ouverte la porte de sa chambre. Bubulle, triomphant, eut la certitude de découvrir le dernier décor du jeu. Avec beaucoup de tact et sans le moindre commentaire, Mme de Molenne poussa le fauteuil qui masquait une prise électrique, juste à hauteur de dragon. Elle songea en se couchant : « À chacun son bonheur sur terre. » C'était peut-être le dernier mot de la psychologie.

À l'hôpital, l'infirmière qui vint border Lulu pour la nuit s'aperçut que l'enfant n'était plus du tout électrique. Tout rentrait dans l'ordre. Joke et Lulu s'étaient déconnectés. La mort allait devenir une réalité.

CHAPITRE VII

DANS LES GRIFFES DE LA MC

Samir, Majid, Sébastien et Aïcha avaient atterri à Lausanne. Mais ce n'était pas la fin du voyage. Pour leur faire franchir les cinquante derniers kilomètres, le parc Mondioland n'avait pas hésité à affréter un hélicoptère. Jason, le pilote, parlait avec un fort accent américain.

— Hé, *kids*, accrochez-vous !

Aïcha poussa un cri de terreur.

L'hélicoptère semblait foncer droit vers un piton rocheux. Au dernier moment, il vira pour éviter l'obstacle. Jason était hilare.

— La dernière fois que j'ai fait ça, la porte était ouverte. J'espère que le type est tombé dans la neige. Sinon, il a dû se faire mal, hein ?

— Jason est un farceur, commenta Eddie sans daigner sourire.

— Et ça ? C'est pas beau, ça ? s'exclama Jason.

Au bout de son doigt pointé, les enfants découvrirent les six pays imaginaires qui composaient Mondioland. Nichés dans la verdure, rutilaient les dômes, les clochetons, les statues géantes, les manèges enchantés et les petits lacs. À 9 h 30 du matin, le parc semblait encore calme. Mais devant les arcades de l'entrée s'étirait déjà une queue longue de plus de cent mètres.

Aïcha, Samir, Majid et Sébastien étaient des hôtes de marque. La bousculade, l'attente, ce n'était pas pour eux. Grâce à leur passe, ils allaient pouvoir se présenter directement à la caisse réservée aux VIP, *Very Important People*. Pour deux jours, Mondioland était à eux, entièrement à eux. À la boutique Mondiocado, on leur offrit le fameux t-shirt : « *Life is MC.* »

Majid voulait découvrir Vidéoland. Samir était attiré par Bankland. Sébastien ne s'imaginait pas ailleurs qu'à Futureland. Aïcha rêvait du palais de Mondina, dont les tourelles dominaient Funland.

— Mon père a dit qu'on devait jamais se séparer, dit-elle.

— Pourquoi pas Gruyèreland ? proposa Eddie. On peut faire du toboggan dans le gruyère géant.

Et après, vous visiterez l'atelier. Ils fabriquent des meules de trente-cinq kilos, là-dedans !

Eddie jeta un coup d'œil sur sa montre. Il avait deux heures devant lui. Deux heures avant de conduire les enfants à Futureland. Il allait falloir les occuper.

La fromagerie ne recueillit aucun suffrage.

— Regardez ! s'exclama-t-il. Voilà Mondichette et Mondoudou ! Vous voulez peut-être leur serrer la patte ? Ou alors… tiens… une idée… j'ai mon appareil photo !

Les enfants des Quatre-Cents contemplèrent avec dégoût les créatures molles et poilues qui approchaient.

— Plutôt crever, dit Majid.

— Y a pas des trucs qui font peur ? demanda Samir.

— T'en fais pas, dit Eddie. Mais mieux vaut commencer doucement. Tenez, montez, y a un train qui passe.

Eddie ne l'avouait pas, mais il avait horreur des Rails de la Mort et du Manoir de l'Épouvante. Déjà, quand il était môme, il hurlait dans les manèges.

Ils firent le tour du parc à douze kilomètres-heure, dans un wagonnet jaune et rouge, pour repérer les attractions. Bankland et sa roulette infernale qui vous emportait, sanglé à l'intérieur d'une bille, dans un tourbillon chaotique. Consumerland, gigantesque Mondiorama dont on visitait les rayons à bord d'un chariot électrique. Funland et son corps humain géant où l'on entrait par la bouche puis ressortait par les intestins dans un bruit pétaradant.

Parvenu au Mondial Terminus, Eddie consulta sa montre. Il restait plus d'une heure à tirer.

— Bon, y a quoi comme truc fun ? le bouscula Samir.

— Ça va être l'heure de la Prout Parade, proposa Eddie.

Mais les garçons avaient aperçu l'entrée du Manoir de l'Épouvante. Eddie se serait volontiers contenté d'attendre les gamins à la sortie. Attachés à leurs sièges, ils ne risquaient pas de disparaître. Mais c'était contraire aux consignes.

Quand la chenille infernale s'enfonça dans les ténèbres, les enfants trépignaient d'excitation. Au premier frôlement de toiles d'araignée, les rires se turent. Ensuite, ce fut pour chacun comme s'il avait rendez-vous avec ses propres fantômes. Dans un sinistre salon où la Mort menait le bal, Aïcha vit danser de petites fumées vertes pareilles à celles qu'elle avait vues onduler sur son palier.

Au détour d'un couloir, Samir et Sébastien se retrouvèrent nez à nez avec un spectre fluorescent. Pendant une fraction de seconde, ils crurent revivre leur face-à-face avec le golem, dans la cave des Colibris. La chenille allait si vite qu'elle remontait le cours du temps. Majid se retourna. Un homme s'était hissé derrière son dos, un tueur blême aux yeux rouges. C'était Klaus, le faux livreur de la MC.

— Emmé ! appela Majid.

Mais, déjà, son agresseur n'était plus qu'un squelette au bout d'une corde de pendu.

Eddie, cramponné à son siège, avait choisi de n'ouvrir qu'un œil. Mais il fut bien obligé d'ouvrir l'autre et en grand. Les Malfaisants étaient de retour ! Comme dans la cité, lorsqu'ils avaient surgi devant les phares de sa camionnette. Une meute enragée, poilue et griffue. Il fit de grands gestes pour s'en débarrasser. En vain. On ne chasse pas des hologrammes.

À la sortie du Manoir, ils éclatèrent tous d'un rire un peu forcé.

— On va faire des tours de manège, hein, les enfants ? proposa Eddie.

— Navette en perdition ? dit Samir en matant la capsule qui tournoyait à cinquante mètres du sol.

— Non, non. J'en connais un mieux. Avec des girafes et des dromadaires.

Eddie était vert comme un kiwi bien mûr. Personne ne voulut le contrarier.

À 11 h 25, Eddie rassembla sa jeune troupe.

— On passe aux choses sérieuses, annonça-t-il. Regardez plutôt ça !

Il leur désignait le dôme miroitant qui dominait Futureland, le pays le plus branché du parc.

— Le Mondiamax ! s'écria Eddie d'un ton enthousiaste. Regardez, mais regardez !

Ce que voyaient les enfants, c'était l'interminable file d'attente devant les portes argentées.

— Regardez… comme ils ont l'air déçu, reprit Eddie. Fermé ! Le Mondiamax est fermé ! Et vous savez pourquoi ?

— Accouche, fit Samir.

— Parce qu'il est tout à vous ! À toi, Samir. Et à toi, Majid.

— Ben ! Et nous ? s'exclamèrent en chœur Aïcha et Sébastien.

Eddie leur adressa une mimique mystérieuse.

— Votre tour viendra… plus tard. Nous leur avons préparé une surprise… une surprise pour deux personnes. Majid et Samir sont bien les deux grands gagnants, non ? Honneur aux vainqueurs !

— Mais mon père il a dit… commença Aïcha.

— Tu ne seras pas seule, coupa Eddie. Sébastien reste avec toi. Je suis sûr que vous avez faim. Je vais vous installer au Mondial Café.

Majid ressentit un petit tiraillement du côté de l'estomac mais n'osa rien dire. Il avait trop envie de découvrir la surprise pour deux personnes.

La vaste salle du Mondiamax était déserte. Quatre-vingts sièges inoccupés tournés vers un écran géant. Déserte ? Non, pas tout à fait. Dans la cabine du projectionniste, il y avait quelqu'un. Mais ce n'était pas le projectionniste.

L'homme qui regarda entrer les deux lauréats du concours Mondiorama se nommait Orwell. Pour les initiés, c'était le majordome de M. William, le patron de la MC. Mais les initiés étaient rares.

« Ainsi les voilà, songea Orwell. Majid Badach et Samir Ben Azet. » Deux enfants hauts comme trois pommes, deux petites crapules de banlieue. Deux grains de sable, qui avaient réussi à enrayer la belle mécanique de la MC. Orwell n'en croyait pas ses yeux. Pourtant, il avait l'impression de voir là, devant lui, les assassins de Sven, les mômes qui avaient mené Klaus à sa perte, qui avaient détourné le précieux ordinateur Nouvelle Génération, qui avaient lâché sur une cité de béton… était-ce possible ?… une horde de démons électroniques. Deux grains de sable qu'il faudrait balayer. Mais pas tout de suite.

— Installez-vous, leur dit Eddie. Là. Et là. Vous allez vivre une expérience inoubliable.

Il ne put s'empêcher de rire.

— Inoubliable, répéta-t-il.

— Qu'est-ce que vous faites ? s'inquiéta Majid. Mais attachez-moi pas !

— Tss ! Tss ! siffla Eddie. Le Mondiamax, mes enfants. L'attraction la plus moderne de la planète ! Je vous branche directement dessus, vous comprenez ?

— Mais je suis pas malade ! protesta Samir.

Eddie venait de lui envelopper le bras dans une sorte d'épais brassard, un appareil qu'il lui semblait reconnaître : le docteur passait le même à Lulu quand il voulait prendre sa tension.

— Vous allez décoller pour un voyage vers les étoiles, expliqua Eddie. Même les cosmonautes ne sont pas mieux équipés.

Majid et Samir avaient à présent un cordon autour de la poitrine. Eddie leur attachait quelque chose aux doigts de la main droite.

— Mais c'est la chaise électrique ! s'indigna Samir.

— Des électrodes, mon grand, rien de plus inoffensif.

— C'est électrique, ça, les électrodes !

— Ouvrez bien les yeux. On va bientôt décoller.

L'obscurité se fit dans la salle du Mondiamax. La projection commença. Et, aussitôt, les deux spectateurs oublièrent tout pour se plonger dans le spectacle extraordinaire d'une station orbitale. La Mondial Galactic les invitait à un saisissant voyage.

D'abord, tout fut beau et paisible. Le Mondial Starship était un vaisseau colossal naviguant d'étoile en étoile. Majid et Samir purent se prendre pendant quelques minutes pour des pionniers de l'espace partant à la découverte de la galaxie. C'est alors que le Mondial Starship entra dans une ceinture d'astéroïdes où régnait un orage magnétique d'une violence inouïe.

Soudain, le vaisseau fut pris dans des turbulences terrifiantes. Les deux passagers étreignirent les accoudoirs de leurs fauteuils. Mais plus rien ne pourrait les faire revenir sur Terre. Ils oscillaient sur leurs sièges, basculaient avec le Mondial Starship, ressentaient jusqu'aux os l'ébranlement qui accompagnait chaque pluie de météorites. Quand le vaisseau s'engouffra dans un canyon aux parois hautes de plusieurs kilomètres, ils crurent qu'ils allaient s'écraser. Quand un roc égaré perça la coque du navire spatial, ils eurent l'impression de manquer d'oxygène. Puis, lors de la grande explosion, ils sentirent sur leur peau la chaleur de l'incendie.

Inexorablement, ils plongeaient vers le cœur d'un brasier éblouissant.

À cet instant, Samir et Majid ne savaient plus qu'ils se trouvaient dans une salle de spectacle du parc de Mondioland. Tous deux hurlaient leur terreur, attirés par une boule de feu, sans recours, sans espoir.

Devant leurs yeux écarquillés, la masse en fusion tourbillonna. Puis elle perdit de son éclat, se transformant en une gigantesque spirale noire et blanche. Les deux enfants sombrèrent dans ce gouffre sans fin ni commencement.

Le silence était revenu dans la salle du Mondiamax. Eddie examina rapidement Majid et Samir. La longue séquence vidéo avait exercé sur eux une telle fascination que la spirale noire et blanche du Mondhypnose les avait happés sans coup férir. Ils étaient à présent plongés dans un profond état hypnotique, yeux grands ouverts.

— Majid, tu m'entends ?

— Oui.

— Samir, tu m'entends ?

— Oui.

Eddie jeta un regard en direction de la sombre cabine où se dissimulait Orwell. L'interrogatoire pouvait commencer.

Grâce à une oreillette, Eddie recevait les instructions d'Orwell. Les deux hommes étaient convenus de commencer par une série de questions très simples, destinées à vérifier la façon dont les enfants se comportaient lorsqu'ils disaient la vérité.

Majid déclara qu'il s'appelait Majid Badach, qu'il vivait avec son père et sa mère dans le bâtiment les Colibris, à la cité des Quatre-Cents, qu'il allait bientôt avoir treize ans et s'apprêtait à passer en classe de 4e. Tandis que Samir fournissait des réponses tout aussi limpides, dans la cabine du projectionniste, Orwell scrutait ses appareils.

Sur de longues bandes de papier s'inscrivaient des lignes brisées qui trahissaient les réactions des enfants. Le brassard qu'ils avaient autour du bras indiquait la pression sanguine. Le cordon enroulé autour de leur poitrine transmettait leur rythme respiratoire. Les électrodes placées sur leurs doigts mesuraient l'importance de leur transpiration. Maintenant, Orwell savait à quoi ressemblaient les tracés quand un Majid ou un Samir s'exprimait avec franchise.

Orwell souffla quelques mots dans son micro.

Eddie répéta la question.

— Majid, tu as un bel ordinateur, n'est-ce pas ? Comment l'as-tu obtenu ?

— C'est ma mère qu'a gagné le concours des Trois Baudets, répondit docilement Majid.

— Bien, bien… et cet ordinateur est-il toujours chez toi ?

— Non.

— Où est-il maintenant ?

— Chez Jean-Hugues.

— Jean-Hugues ? Qui est Jean-Hugues ?

— Ben, c'est mon prof de français.

— Ah ? Et quel est son nom complet ?

— Jean Hugues de Molenne.

— Très bien.

Eddie écouta la voix d'Orwell puis enchaîna.

— Samir, sais-tu qui est Sven ?

— Non.

— Je vais essayer de te rafraîchir la mémoire. Sven a été découvert mort dans une cave, dans le bâtiment des Colibris. Es-tu au courant ?

Là-haut, devant ses graphiques, Orwell nota que le cœur de Samir battait plus fort. Les lignes faisaient des pics, indiquant que le gamin éprouvait une vive émotion.

— Oui, dit Samir.

— Sven avait un portable sur lui. Sais-tu où il est passé ?

— Je… je l'ai trouvé.

— L'as-tu gardé ?

— C'est Martin… elle me l'a confisqué.

— Qui est Martin ?

— Nadia Martin. C'est la prof de SVT.

— Parfait. Samir, est-ce toi qui as tué Sven ?

— Non !

Samir s'agita, comme s'il essayait de se libérer des sangles qui le retenaient au fauteuil.

— D'accord, dit Eddie. Ce n'est pas toi. Sais-tu qui a tué Sven ?

Dans la cabine, Orwell observa que la question semblait plonger Samir dans un trouble violent. Il ordonna à Eddie de la répéter.

— Je… je ne sais pas.

— Insistez ! hurla Orwell dans son micro.

— Samir, dit patiemment Eddie. Même si tu ne le sais pas, peut-être as-tu une idée ? Est-ce que tu peux essayer de deviner qui a tué Sven ?

Là-haut, l'appareil appelé polygraphe s'affolait.

— Est-ce Jean-Hugues ? Est-ce Albert ? suggéra Eddie.

— Non !

— Tu vois, tu as sûrement une idée…

— Joke, souffla Samir, je crois… Joke…

Eddie lança un regard interrogateur en direction de la cabine.

— Qui est-ce ? Qui est ce Joke ?

— C'est le golem… il est sorti du jeu.

Eddie sentit un frisson le parcourir. Orwell, lui, examinait toujours ses graphiques. Avec un sourire crispé, il parvint à la conclusion que le gamin avait repris son calme. La vérité avait eu du mal à sortir de sa bouche. Mais c'était la vérité.

CHAPITRE VIII

LA PETITE FILLE AU MOULIN À VENT

Sébastien et Aïcha avaient dévoré la moitié de l'énorme pizza qu'on leur avait servie. Puis, comme le temps passait et qu'ils ne voyaient toujours pas réapparaître Samir et Majid, chaque bouchée était devenue plus difficile à avaler.

— Mon père il a dit… commença Aïcha.

— On sait.

Sébastien fouilla du regard la foule qui grouillait autour du Mondial Café.

— Ça doit être une super surprise. J'espère qu'on va y aller aussi, au Mondiamax.

Trois tables plus loin, une petite fille dégustait une glace surmontée d'un dôme de chantilly. Elle tenait sa cuiller d'une main et de l'autre présentait à la brise les ailes de plastique noires et blanches d'un moulin à vent. Sébastien se demanda s'il aurait envie d'une glace, après la pizza.

— On attend encore un quart d'heure et on va voir au Mondiamax, décida-t-il.

Au Mondiamax, la séance était finie et le polygraphe était formel : les enfants n'avaient pas menti. Leur Joke existait bel et bien. Du coup, tout le reste devenait plausible. Martin-Weber prétendait avoir vu une horde de bestioles à cornes, à poils et à plumes dans la cité des Quatre-Cents. Eddie avait fourni une description à peu près semblable. La description des Malfaisants.

Le jeu d'Albert semblait vomir ses personnages dans les rues. C'était prodigieux. C'était extraordinaire. Seulement voilà, c'était impossible.

« Il me faut Albert, songea Orwell, il me le faut vivant. » Les enfants avaient parlé. Orwell savait qu'Albert s'était réfugié dans une sorte de camping-car. Mais ni Samir ni Majid ne connaissaient la marque du véhicule, encore moins son numéro d'immatriculation. Le camping-car appartenait aux parents du petit Sébastien. C'était à celui-là qu'il allait falloir soutirer les informations.

Malgré tout, Orwell continuait d'entendre au fond de lui une petite voix qui répétait : *ce golem qui sort du jeu… c'est impossible… impossible… impossible…* Mais, d'après ses concepteurs, il était également impossible de tromper le Mondhypnose. Orwell décida alors de tenter une dernière expérience.

Dans la salle de spectacle, Eddie venait de constater avec satisfaction que Samir et Majid dormaient profondément. Ils ne se réveilleraient que quand on leur en aurait donné l'ordre. Et ils auraient tout oublié. Épatant, ce Mondhypnose ! Eddie sursauta. Orwell venait de surgir derrière lui.

— Prenez place dans ce fauteuil, Eddie.

— Moi, monsieur Orwell ?

— J'aimerais que vous vous soumettiez, vous aussi, à une petite séance d'hypnose.

— Moi ?

Il y avait quelque réticence dans la voix d'Eddie. Le Mondhypnose, c'était épatant… sur les autres. Eddie avait entendu parler de possibles effets secondaires de l'appareil et n'avait pas trop envie de servir à son tour de cobaye.

— Vous allez vous montrer coopératif, n'est-ce pas, Eddie ? susurra Orwell. Vous allez fixer intensément la spirale noire et blanche du regard. Ce ne sera pas long. Juste une petite question à vous poser.

Eddie, avez-vous vraiment vu les Malfaisants dans les rues des Quatre-Cents ?

Au Mondial Café, Aïcha s'impatientait :
— Bon, on y va ?

Sébastien s'était laissé tenter par la glace chantilly.

— Chinq minutes, dit-il, la bouche pleine.

Aïcha soupira puis, le visage entre les mains, elle regarda rêveusement la petite fille au moulin à vent. Elle pensait à sa petite sœur. Aïcha n'était pas toujours heureuse chez elle et pourtant la maison lui manquait déjà. Soudain, elle poussa un cri. Une vieille dame en robe et chapeau noirs venait d'apparaître à côté d'elle, lui bouchant le soleil. Une horrible vieille dame.

— N'aie pas peur, mon enfant, dit-elle d'une voix de crécelle. Tu ne me reconnais pas ? Je suis Mondialita, la sorcière. Je sais tout du passé et de l'avenir. Ne veux-tu pas connaître ton destin ?

— Non ! s'écria Aïcha.

— Et toi, jeune homme ? demanda Mondialita à Sébastien.

— Faut pas rigoler avec ces trucs-là, dit Sébastien. C'est sérieux, la sorcellerie.

— Mais je suis très sérieuse. Attends… peut-être puis-je te convaincre ? Donne-moi ta main.

Sébastien ricana puis tendit sa main à la sorcière.

— Ooooh, dit Mondialita, je vois que tu viens de très loin. Près de Paris, hein ?

Sébastien haussa les épaules, refusant de se laisser impressionner.

— Je sais tout de toi. Je sais que tu aimes beaucoup la nature…

— Bof !

— Enfin… tes parents aiment la nature.

— Ah ouais, eux !

— Je vous vois… comme c'est étrange… vous êtes dans une maison, mais une maison qui roule.

Sébastien éclata de rire.

— C'est le camping-car ! Comment vous avez pu deviner ?

— Je sais tout, mon enfant. Je… mes yeux ne sont plus aussi bons qu'autrefois… je n'arrive pas à lire la marque. Je la vois mais…

— C'est un Amical 5 ! lança Sébastien.

— Ah oui, c'est ça. Quand j'étais jeune, j'aurais même pu lire les petits chiffres, sur la plaque.

— L'immatriculation ?

— Oui, c'est ça. Je lis un 4, je crois mais… ah la la, c'est tout flou, mes pauvres yeux fatigués… est-ce que tu peux m'aider ?

— 234, commença Sébastien.

C'est alors qu'un personnage inattendu fit son apparition : la petite fille à la glace chantilly. Elle vint se planter avec effronterie en face de Mondialita, tenant toujours à la main son moulin à vent noir et blanc.

— Vous êtes même pas une vraie, déclarat-elle. D'abord, ça existe pas, les sorcières.

Mondialita fit un geste agacé dans sa direction. Mais la gamine était du genre teigne.

— C'est comme les Pères Noël des magasins. Ils veulent juste vous faire payer pour la photo. C'est nul.

— File de là ou je te jette un sort, un s… un s…

La voix de Mondialita s'était enrayée comme un vieux disque cloqué.

— Ah ! Ah ! T'oses même pas ! triompha la petite peste.

Mondialita s'était statufiée. Ses yeux aux pupilles dilatées fixaient un point précis : le moulin à vent. En tournant, ses ailes noires et blanches faisaient comme une spirale.

— Avoue que t'es pas Mondialita !

— Je ne suis pas Mondialita.

La voix de la sorcière avait changé. Elle était soudain devenue grave. Une voix d'homme.

— Wouah ! T'es même pas une fille. Hein que t'es un garçon ?

— Je suis un garçon.

— C'est quoi, ton vrai nom ?

— Eddie.

Eddie succombait à une rechute hypnotique.

— Et pourquoi tu te déguises en sorcière ?

— J'accomplis ma mission.

— Ah ?

La petite fille prit un air intéressé.

— Qu'est-ce que c'est comme mission ?

— Je dois retrouver Albert. Je dois faire parler Sébastien.

Sébastien, qui avait assisté à la scène d'un air ahuri, se leva brusquement.

— Quoi ? De quoi vous devez me faire parler ?

La sorcière Eddie roula des yeux terrifiants, comme luttant pour s'arracher à la fascination du moulin à vent.

— Du camping-car.

— Le camping-car ? répéta Sébastien. Que voulez-vous savoir ?

— Le numéro… le numéro…

— D'immatriculation, conclut Sébastien.

— Alors ça, c'est passionnant comme mission, se moqua la petite fille.

Sébastien attrapa Aïcha par le bras.

— Viens. Faut filer de là.

Il bouscula la gamine au passage et fit tomber par terre son moulin, mettant fin à la séance d'hypnose. Eddie s'ébroua, vacilla puis s'affala au beau milieu du Mondial Café, empêtré dans sa grande robe de sorcière.

— Qu'est-ce que… qu'est-ce qui s'est passé ? marmonna-t-il.

Quand Eddie reprit ses esprits, ses proies étaient loin. Elles couraient à travers le parc, Sébastien tirant par la main une Aïcha déboussolée.

— On va pas au Mondiamax ?

— Dépêche-toi !

— Mais on peut pas laisser les autres !

— Plus vite, Aïcha !

— Mais explique-moi !

Aïcha se libéra et se mit à pleurer.

— On est tombés dans un piège, dit Sébastien. J'en suis sûr.

— Et Majid ? Et Samir ?

— Prisonniers, ma vieille. Allez, viens.

Ils reprirent leur course.

— Sébastien, où est-ce qu'on va ?

— Faut sortir de là. Et prévenir Jean-Hugues.

À l'entrée de Funland, Aïcha s'arrêta, hors d'haleine, et refusa d'aller plus loin.

— Viens, lui dit Sébastien. On va se planquer dans le corps humain.

Il entraîna de force Aïcha vers l'escalier qui menait aux grandes dents blanches.

Sur la langue, Aïcha s'étonna :

— Pourquoi Eddie nous a tout raconté ? Un piège, ça se dit pas.

Dans l'œsophage, Sébastien répondit :

— Il avait l'air bizarre, Eddie. On va s'asseoir un peu dans l'estomac. Faut que je réfléchisse.

La paroi de l'estomac palpitait derrière eux avec un bruit sourd. Sébastien tenta de trier ses pensées, raisonnant tout haut :

— Peut-être qu'Eddie a voulu nous prévenir… peut-être que c'est un ami d'Albert… Albert, c'est une sorte d'agent secret qui… qui a enrôlé Nadia Martin. Le camping-car, maintenant, c'est un peu comme leur base. J'aurais dû me méfier quand Mondialita m'a parlé du camping-car. Je suis vraiment trop con. Sauf que quand Mondialita est devenue Eddie… Et merde !

— Quoi ? fit Aïcha.

— J'y comprends rien, conclut Sébastien désespéré.

CHAPITRE IX

ALIAS N'EN FAIT QU'À SA TÊTE

— Aouah ! s'exclama Majid, j'ai cru qu'on était morts.

— Comment qu'elle nous a niqués, la météorite géante ! fit Samir. C'est quoi la fin ? Y a pas un machin de sauvetage, tu sais, comme dans *Titanic* ? Et le Mondial Starship ? C'est pas vrai qu'il est foutu ?

Dans leurs souvenirs, la séance au Mondiamax s'était interrompue là, au moment de la grande explosion.

— C'est qui, lui ?

Majid venait de découvrir la présence souriante d'un inconnu à droite de son fauteuil. Orwell était enchanté. Comme il l'espérait, toute trace du petit interrogatoire sous hypnose s'était effacée de l'esprit des enfants.

— Je… je suis le projectionniste, improvisa Orwell. Il y a eu un petit incident technique. Je crains que vous n'ayez raté la fin. Rassurez-vous : le commandant du Mondial Starship réussit *in extremis* à passer en hyperespace et ramène l'équipage sain et sauf à l'astroport de Mondial City.

— Cool, dit Samir.

— Ce truc de folie, souffla Majid. Moi, je me souviens d'être mort. J'ai la tronche qu'explose et après…

Il fronça les sourcils. Quelque chose manquait. Quelque chose qui ressemblait à un grand trou noir. Il se sentait mal à l'aise, nauséeux. Pas étonnant. Déjà, ce matin, il avait failli gerber dans l'hélicoptère. Alors, l'hyperespace…

— Et l'autre ? demanda Samir. Où il est passé, Eddie ?

— Il va revenir, certifia Orwell. Il est sorti faire un petit tour. Le Mondiamax, il connaît ça par cœur.

À cet instant, une voix retentit au bout de la salle, près de l'entrée.

— Ils ont filé !

Majid et Samir mirent un bref instant à identifier l'étrange créature qui remontait l'allée à pas précipités, entre les fauteuils. Eddie portait un chapeau dont la longue pointe lui pendait sur le côté de la tête et traînait une robe noire dont il essayait de se défaire en secouant le bras.

— Je ne sais pas ce qui s'est…

— Nous réglerons ça plus tard, coupa précipitamment Orwell. Sortez d'ici et remettez un peu d'ordre dans votre tenue.

— Attendez, il faut que je vous explique. Parce que vous n'allez pas me croire. La spirale… elle est revenue.

— Eddie, je vous ordonne !

— Il y avait la petite fille avec le moulin à vent… vous voyez ce que je veux dire ? À côté du gamin, Sébastien…

Majid et Samir échangèrent un regard intrigué. Eddie avait l'air de débloquer complètement.

— Taisez-vous ! hurla Orwell.

Eddie se mit à tituber et s'affala sur un fauteuil.

— Ça revient, dit-il, ça revient.

Il se produisit comme un déraillement dans sa gorge et il lança d'une voix de fausset :

— Je sais tout du passé et de l'avenir ! Ne veux-tu pas connaître ton destin ?

— Eddie ! Eddie ! gronda Orwell, menaçant.

Reprenant sa voix normale, Eddie jura :

— Je dirai la vérité. Toute la vérité. Rien que la vérité. Je suis un garçon. J'accomplis ma mission. Je dois retrouver Albert. Je dois faire parler Sébastien.

Orwell s'était rapproché de lui. À présent, il le secouait. Derrière, les enfants s'agitaient :

— C'est quoi, ces embrouilles ?

— Il a parlé qu'il doit trouver Albert.

Orwell revint vers eux, les bras écartés comme une maman poule qui ouvre les ailes pour rassembler ses poussins.

— Sacré Eddie ! Est-il drôle en sorcière ! s'exclama Orwell en obligeant ses lèvres à faire un grand sourire.

Un horrible grand sourire.

— Il a parlé d'Albert, dit Majid d'un ton accusateur.

— Mais non, pas Albert, corrigea Orwell. Amer. Il l'a trouvé amer.

— Quoi ? demanda Samir.

— Quoi ? répéta Orwell. Eh bien, le vin. Il a trouvé le vin amer. Eddie est un excellent guide et il est vraiment très drôle en sorcière mais il boit. Voilà. Je ne voulais pas vous le dire mais c'est la triste vérité. Il boit.

— La vérité ! brailla Eddie.

Le regard de Majid tomba brusquement sur le cadran de sa montre. Une vague de panique l'engloutit. Il était impossible qu'il se soit écoulé autant de temps depuis leur entrée dans le Mondiamax.

— Où ils sont, Sébastien et Aïcha ?

La réponse sortit spontanément de la bouche d'Eddie.

— Sébastien et Aïcha ont pris la fuite. J'ai échoué. C'est la vérité.

Orwell se tourna vers lui avec fureur.

— Taisez-vous, ivrogne !

— Il faut dire la vérité… sinon la spirale va revenir.

Orwell parut sur le point de se ruer sur lui avec des intentions criminelles. Mais il jugea plus urgent de rassurer les enfants.

— Laissez-nous sortir !

— Où ils sont ? Aïcha ! Sébastien !

Orwell comprit qu'il allait être très difficile de les rassurer. D'ailleurs, ce n'était pas un rôle pour lui. Cela faisait des années qu'il semait l'inquiétude partout où il passait.

Il regarda les deux mômes courir entre les fauteuils vers le rectangle vert où brillait dans la pénombre le mot SORTIE.

— C'est bouclé, leur lança-t-il. Il y a une serrure électronique.

Il les laissa tambouriner pendant un moment contre la lourde porte capitonnée.

— Ouvrez ! Ouvrez ! On veut sortir !

Orwell se composa une mimique désolée.

— Mais… vous avez gagné un week-end complet à Mondioland. Est-ce que vous vous ennuyez déjà ? La visite n'est pas terminée…

Il laissa s'écouler une poignée de secondes, feignant de réfléchir.

— À moins que je ne vous propose une petite excursion ? Gruyères, vous connaissez ?

À une vingtaine de kilomètres de là, près de la charmante ville de Gruyères, il y avait le bâtiment le mieux défendu du monde, le blockhaus de la Mondial Company. Au cœur du blockhaus se trouvait une petite pièce de béton qui ne figurait sur aucun plan, une salle de réunion secrète truffée de caméras, de micros et de détecteurs.

Sécurité. Tel était le sujet de la réunion qui s'y tenait ce jour-là. Car, dans le bâtiment le mieux défendu du monde, la sécurité ne semblait plus assurée.

M. William présidait. Ceux qui ne le connaissaient que sous son jour habituel de bouffon cruel et capricieux auraient été étonnés de le voir à cet instant : nerveux, inquiet. En l'absence d'Orwell, M. William n'était pas le même. Or, le temps passait et Orwell n'arrivait toujours pas.

M. William observait son nouveau chef de la sécurité, Calvin Muller. Fils du plus grand fabricant de coffres-forts suisse, Muller avait travaillé pendant deux ans pour le Pentagone. Cet homme-là savait ce qu'était un système de surveillance. Pourtant, il bégayait, cherchant en vain à minimiser la gravité de la situation.

— Des progrès ont été accomplis, dit-il. Nous avons encore eu à subir récemment quelques incidents difficilement explicables mais je pense que nous sommes sur la bonne voie. Le système sera bientôt sous contrôle à cent pour cent. Et, déjà, je puis affirmer que la sécurité du siège est des plus satisfaisantes.

Cette fois, M. William explosa.

— Satisfaisante ! hurla-t-il. Vous savez ce que ça signifie, ALIAS ? Artificial Logical Intelligence for Absolute Security. La sécurité absolue, Muller ! J'ai englouti une fortune dans ce système ! J'exige la sécurité absolue !

Calvin Muller sortit un mouchoir de sa poche et tapota sa lèvre supérieure humide de transpiration.

— Le système ALIAS est le plus performant qui existe sur cette planète. Mais, justement, il est… heu… très complexe, bredouilla-t-il. Et j'ai le regret de vous dire que mon prédécesseur, M. Giraud, ne le maîtrisait pas complètement.

M. William jeta un coup d'œil sur sa montre. Une montre énorme au boîtier rose, sur le cadran de laquelle on voyait une Mondina soulever sa jupe de façon coquine.

Mais que faisait donc Orwell ?

Orwell n'était pas loin, à deux cents mètres à peine de la salle de réunion secrète. Quelques instants auparavant, il avait pénétré dans le sas n° 8 du blockhaus, en compagnie de Samir et de Majid. Deux gardiens réquisitionnés à Mondioland escortaient les enfants : précaution on ne peut plus utile pour maîtriser ces deux petits enragés. Badach et Ben Azet avaient braillé pendant tout le trajet. Orwell restait encore ébahi par la richesse du vocabulaire que possédaient ces voyous de banlieue. À vrai dire, certains mots lui étaient même inconnus.

— Où on est ?

— Qu'est-ce que vous allez faire de nous ?

Les deux gamins examinaient ce qui les entourait avec stupeur.

— Pourquoi ils ont tous des flingues ? demanda Majid.

Au siège de la MC, impossible de faire dix pas sans tomber sur un garde armé. Depuis qu'ALIAS donnait des signes de défaillance, tous les postes avaient été doublés.

— C'est la caserne de l'armée suisse, devina Samir.

— Voilà, approuva Orwell.

Il claqua des doigts à l'intention d'un de ses hommes.

— Conduisez nos jeunes amis à la nursery de l'armée suisse, ordonna-t-il.

Il adressa un signe d'excuse à ses hôtes forcés.

— Je dois vous quitter. Une réunion. Nous nous reverrons plus tard. Soyez sages.

Le vigile posté à la sortie du sas n° 8 restait tourné vers Orwell, l'air embarrassé.

— Eh bien, qu'est-ce que vous attendez pour m'ouvrir ?

— Pardonnez-moi, monsieur. La porte ne se débloque pas. Je suis désolé, monsieur.

— Insistez !

Le vigile pointa vers la serrure son passe électronique.

— Cela s'est déjà produit, expliqua-t-il. Nous avons de plus en plus de problèmes avec la sécurité, monsieur. Voilà, je crois que ça y est.

Il y eut un déclic annonçant l'ouverture de la porte. Mais, aussitôt après, une sirène retentit.

— C'est la quatrième alerte de la journée, monsieur, dit le garde.

— Éteignez-moi ça ! hurla Orwell.

— Tout de suite, monsieur.

L'homme se précipita vers un tableau lumineux. Il enfonça trois boutons sans succès.

— Je suis obligé de couper tout le secteur, annonça-t-il.

— Eh bien, coupez !

— La zone 43 ne sera plus sous la protection d'ALIAS, monsieur.

— Je m'en moque. Coupez !

Le vigile abaissa une manette. La sirène se tut.

— Nous avons une minute trente pour quitter la zone 43, monsieur.

— Quoi ?

— Le secteur va être isolé. Si nous restons, nous sommes bouclés. La procédure de désenclavement peut prendre plusieurs heures.

— Saloperie de système !

Samir et Majid échangèrent un regard complice, tentés de faire de la résistance. Mais les hommes qui entouraient Orwell avaient sorti leurs armes. Avec un bel ensemble, ils engagèrent une balle dans le canon. Telles étaient les instructions en cas de mise hors service temporaire d'ALIAS. Samir et Majid oublièrent leurs velléités de rébellion.

— Allez ! Vite !

Ils s'engouffrèrent dans le sinistre couloir baigné de lumière orange qui succédait au sas n° 8. À l'autre bout, la grille noire était levée.

— L'escalier ! indiqua le vigile. Les ascenseurs de la 43 sont HS.

Bousculés par des coudes et des crosses, Majid et Samir montèrent les marches au pas de course. Derrière eux, les bottes des gardes faisaient résonner la cage de béton.

Orwell déboucha le dernier dans la salle d'accueil ouest. Elle était déserte. La procédure d'évacuation avait chassé hôtesses et employés. Au plafond, un détecteur flasha. Trois buses pareilles à des becs d'oiseau jaillirent d'une trappe. Dans un bruit de cataracte, elles noyèrent le centre de la pièce sous une montagne mousseuse.

Quand il se fut extrait de son bain forcé, Orwell attrapa le vigile par la manche trempée de sa veste.

— Pouvez-vous m'expliquer ? hurla-t-il.

— Non, monsieur. L'alarme incendie s'est déclenchée. Mais je crois que c'est impossible, monsieur. D'abord, il n'y a pas d'incendie. Puis la zone 43 est déconnectée. On dirait qu'ALIAS peut opérer même quand une zone n'est plus sous son contrôle. Je dirai que c'est un incident majeur, monsieur.

— Oui, souffla Orwell. Moi aussi.

Il brossa ses vêtements couverts de neige carbonique. Son regard tomba sur les enfants. Majid et Samir étaient serrés l'un contre l'autre, pétrifiés par la terreur.

— Qu'on s'occupe d'eux ! cria-t-il. Donnez-leur un chocolat chaud et des vêtements secs.

Tout bas, il grommela :

— À moins qu'ALIAS ne contrôle aussi le distributeur de boissons chaudes.

Orwell ne prit pas le temps de se changer. Dégoulinant de la tête aux pieds, les cheveux blanchis par un reste de mousse, il pénétra dans la salle de réunion et alla s'asseoir face à M. William. Le gros homme le contempla de ses yeux de poisson collé à la paroi du bocal.

— Est-ce qu'il pleut, Orwell ?

— Vous voudrez bien excuser ce retard, monsieur William. Puis-je savoir où vous en étiez ?

— M. Muller nous parlait des défaillances du système ALIAS. Hélas, M. Muller n'a pas grand-chose à nous apprendre à ce sujet.

Calvin Muller était blême. Il triait des feuilles de papier pour tenter de masquer que ses mains tremblaient.

— La zone 43 est coupée, lui annonça Orwell. Une alarme s'est déclenchée sans raison. Puis les buses anti-feu se sont mises en action alors que le secteur était isolé. Je pense que nous allons devoir rebaptiser le système. Artificial Logical Intelligence ne convient plus. Oh ! une toute petite modification. Il va nous falloir remplacer Artificial par Autonom. ALIAS n'en fait qu'à sa tête. ALIAS n'obéit plus.

— Admettez-le ! piailla M. William. Admettez que vous avez perdu le contrôle du système ! L'ennemi est dans la place ! Nous sommes à sa merci !

— On ne peut pas dire ça, balbutia Muller.

La peur du chef de la sécurité était palpable. Rares étaient ceux qui n'éprouvaient pas un tel sentiment face aux colères de M. William. Mais, en l'observant, Orwell ne tarda pas à comprendre que Muller ne craignait pas la fureur du gros homme. Muller était terrifié par la situation à laquelle il devait faire face. Muller était terrifié par ALIAS.

— Nous voulons la vérité, dit calmement Orwell. Monsieur Muller, que se passe-t-il exactement ?

— Je... je ne sais pas, avoua enfin Muller. Chaque fois que nous croyons avoir résolu un problème, un autre surgit. C'est très étrange. On a l'impression qu'ALIAS joue avec nous, qu'il nous nargue.

— Est-il oui ou non manipulé de l'extérieur ? insista Orwell.

Muller haussa les épaules.

— Par qui ? Et comment cela serait-il possible ? J'y ai pensé, bien sûr. Je ne vois qu'une seule hypothèse : Giraud. Peut-être a-t-il conservé quelques clés secrètes, qui lui permettent d'intervenir à distance. Mais je vous rappelle que les incidents ont commencé avant qu'il ne quitte ses fonctions. Il avait lui-même du mal à maîtriser le système qu'il avait créé.

— C'est un complot ! brailla M. William. On nous attaque de toutes parts ! Des rumeurs malveillantes sur la MC déferlent sans cesse sur l'internet ! On veut nous abattre !

Orwell ignora l'intervention.

— Monsieur Muller, dit-il, je vous donne quinze jours pour mettre au point un système de sécurité 100 % efficace, 100 % inviolable, 100 % contrôlable.

« Et quand ce sera terminé, mon bonhomme, songea Orwell, je te ferai murer avec ton secret quelque part tout au fond du blockhaus. Comme au bon vieux temps des Pharaons. »

Mais, pour maîtriser tout à fait la situation, il lui fallait aussi remettre la main sur Albert. Et, pour remettre la main sur Albert, il lui fallait retrouver ce môme qui se cachait dans Mondioland. Comment s'appelait-il, déjà ?

CHAPITRE X

SÉBASTIEN

Avant de dévaler l'intestin toboggan, Sébastien avait bien expliqué à Aïcha la stratégie à suivre. Dès que le corps humain les eut expulsés dans un bruit répugnant, ils filèrent vers la boutique Mondiocado la plus proche.

Sébastien y acheta deux chapeaux prout, une moustache Mister C et une paire de lunettes roses Mondina. Ainsi affublés, ils prirent la direction de la sortie.

— On ne court pas, dit Sébastien en retenant Aïcha par le bras.

— Mais c'est loin ! gémit Aïcha.

— Si on se met à foncer, ils vont nous repérer tout de suite. Et surtout tu me préviens si tu aperçois un espion.

La petite Malienne acquiesça. La chose allait de soi : il fallait éviter les Mondoudou et les Mondada.

— Ça, c'est la tuile, pesta Sébastien.

Il venait de comprendre qu'il était impossible de gagner la sortie sans traverser Vidéoland et son labyrinthe de miroirs et d'écrans. Partout autour d'eux, de toutes les sortes, toutes les dimensions, de face ou de profil, à plat ou en relief, en noir et blanc ou en couleurs, s'affichaient des Sébastien et des Aïcha.

— Enfonce bien le chapeau et baisse la tête, dit-il sans desserrer les mâchoires.

En vérité, leur image avait été enregistrée et transmise bien avant, quand ils étaient entrés dans la boutique Mondiocado. Depuis cet instant, quatre Mondoudou, trois Mondichette et un Mondada convergeaient vers Vidéoland...

Quand ils arrivèrent à Consumerland, Aïcha et Sébastien se crurent en sécurité. Le décor leur rappelait le Mondiorama des Quatre-Cents. En vingt fois plus grand. Sur les rayons, les boîtes de Chocos MC mesuraient un mètre cinquante et les bouteilles de Mondial Cola contenaient douze litres.

— Comment ils font, les gens ? s'étonna Aïcha. Jamais ça rentre dans ton cabas, ces boîtes-là !

— C'est pas à vendre, ba...

Sébastien ravala son « banane ». Il n'avait pas envie de froisser Aïcha. S'il en avait eu le loisir, il aurait aimé lui dire des choses gentilles. Depuis qu'il se trouvait seul en sa compagnie, Sébastien se sentait bien. Le frisson du danger lui rendait sa présence plus troublante encore. C'était lui qui menait les opérations. Aïcha le suivait. Aïcha lui obéissait. Peut-être même qu'elle l'admirait.

— Là ! Regarde !

Aïcha avait aperçu la crinière bleue d'un Mondada. La ridicule créature pelucheuse se trouvait à l'autre bout de l'interminable allée bordée de produits MC. Pour lui échapper, les enfants tournèrent après une pile de Mondiocrocks au surimi. Devant eux s'alignaient des douzaines de chariots électriques.

— Grimpe ! ordonna Sébastien.

Ils montèrent dans l'un des Caddie motorisés et filèrent le long d'une muraille de petits pots Monbaby. Mauvaise pioche. Au premier croisement surgirent un Mondada et un Mondoudou. Le Mondada culminait à plus de deux mètres. Le Mondoudou était sec comme un phasme et traînait une longue queue couverte de petites plumes. Tous deux tendirent leurs pattes velues pour cueillir leurs proies.

— Seb ! Tourne ! supplia Aïcha.

À gauche comme à droite, les pots géants de confiture Mondofruits et de miel Mondabeille formaient d'immenses pyramides. Le Caddie tourna vers la droite.

Bien sûr, les rayons étaient protégés. Par des cordons rouges reliant des piquets d'alu, comme dans les musées. D'un même réflexe, Aïcha et Sébastien soulevèrent le cordon au moment où le chariot franchissait la fragile barrière.

La suite fut terriblement sucrée.

Pots et bocaux dégringolèrent dans un épouvantable vacarme. Sébastien reçut un kilo de gelée de pomme sur son chapeau prout et faillit tourner de l'œil. Aïcha s'en tira avec un pot en carton de miel toutes fleurs sur l'épaule. Près d'eux, Mondoudou et Mondada étaient quasi ensevelis. Quand les créatures pelucheuses s'extirpèrent de la bouillie gluante qui leur dégoulinait de la crête aux pattes, une sirène retentissait et la foule accourait de tous les rayons de Consumerland.

Les intentions belliqueuses de Mondoudou et Mondada furent étouffées par ce remue-ménage. Sébastien et Aïcha filèrent sur la longue allée en laissant derrière eux des empreintes visqueuses.

— On fonce ! décida Sébastien en balançant chapeau prout et moustache postiche.

— Et après ? haleta Aïcha. Où on va ? Je sais même pas où c'est, la Suisse.

Sébastien ne répondit pas. Il voyait les arches monumentales qui marquaient le terme de Mondioland et, pour l'instant, cela lui suffisait.

Trois gardiens les attendaient devant les portillons. Sébastien s'apprêta à hurler, à frapper.

— Un tampon ? demanda l'un d'eux.

— Hein ? Quoi ? fit Sébastien.

— Je te mets un coup de tampon sur la main, sinon tu pourras plus revenir aujourd'hui, expliqua l'homme avec le lent débit du parler suisse.

— Non, ça va. On revient pas.

Ils étaient libres. De l'autre côté d'une haute et interminable barrière blanche, la file des visiteurs qui attendaient leur tour de passer aux guichets de l'entrée s'étirait sur plus de cent mètres.

— Seb ! Seb !

Sébastien refusa de se retourner. Il voulait s'éloigner, mettre entre Mondioland et lui la plus grande distance possible.

Mais Aïcha insistait, tirant sur sa manche maculée de confiture.

— Seb ! Attends ! Regarde, mais regarde !

Sébastien consentit enfin à s'arrêter. Aïcha ouvrait des yeux ahuris. Elle tendit le bras, lui désignant quelque chose, là-bas, près d'un portique de l'entrée principale.

— On dirait…

Aïcha n'eut pas besoin d'achever. Sébastien avait vu, lui aussi. Dans la longue file d'attente, une silhouette familière. Improbable. Impossible.

— Jean-Hugues !

Mais pas question de faire machine arrière.
Pas question de mettre à nouveau les pieds dans
le parc. Il fallait fuir.

— Où ? Où est-ce qu'on va ? Seb, je veux pas
aller en Suisse.

Ils arrivaient au parking : une mer d'autos à
perte de vue.

— Faut qu'on trouve quelqu'un, dit Sébastien.
Un Français. Le mieux, ce serait un flic français.

C'était idiot. Comment savoir ? Comment
deviner à qui il fallait s'adresser ? Ils avançaient
parmi les bagnoles, Volvo, Peugeot, Fiat, Renault,
Toyota. Les gens les regardaient. Ils devaient faire
peur avec leur figure barbouillée de confiture et
leurs vêtements couverts de traînées multicolores.

— Je le crois pas.

Sébastien s'était arrêté net.

— Ce serait trop beau.

— Qui t'as vu ? demanda Aïcha, pleine d'espoir. Jean-Hugues ?

— Là. Tu vois pas ? Ce grand truc blanc. C'est
un Amical 5.

Il émergeait au-dessus des toits, comme un
bateau posé à l'envers sur des vagues de tôle.

— Un quoi ?

— Un camping-car. Le même que celui de
mes parents. Je le crois pas.

138

Ils avancèrent, d'abord avec hésitation puis de plus en plus vite. Un Amical 5, ça se repérait. Et surtout ça ne courait pas les rues. Le cœur battant, Sébastien scrutait la plaque minéralogique. 2… 3… 4…

— C'est lui ! hurla-t-il. C'est lui.

Il se rua sur l'imposant véhicule. La portière était bouclée. Sébastien se mit à tambouriner frénétiquement contre son flanc.

— Ouvrez ! C'est nous ! Sébastien et Aïcha ! Ouvrez !

Quelques secondes s'écoulèrent puis ils entendirent du bruit à l'intérieur de l'Amical 5. La portière blanche s'ouvrit.

Alors, Sébastien vit apparaître la plus belle femme qu'il eût jamais vue. Une blonde aux formes généreuses et au regard limpide, une créature de rêve en short et débardeur.

Sébastien songea que ç'aurait pu être pire, qu'il aurait pu mourir en regardant quelque chose de moche.

Car la superbe créature braquait sur lui un engin de mort. Et l'expression qui s'était peinte sur son visage ne pouvait tromper. Elle s'apprêtait à s'en servir.

CHAPITRE XI

INVESTIGATOR

Orwell n'avait pas perdu une seconde. Avant même de quitter Mondioland, il était entré en contact avec Constantin Lupescu, le responsable du système Investigator. Il lui avait livré deux noms, les noms arrachés aux enfants pendant la séance du Mondiamax : Jean-Hugues de Molenne et Nadia Martin. Avec une seule et simple consigne : « Je veux tout savoir. »

Lupescu avait eu deux heures pour faire travailler Investigator. Investigator était l'une des ramifications d'ALIAS. Investigator était une sorte de Sherlock, à la curiosité maladive.

Orwell avait dit : tout. Et il commençait à le regretter. Assis dans un petit fauteuil de cuir au milieu du centre de traitement, il voyait déferler les informations. Elles défilaient à une rapidité vertigineuse sur les cinq écrans alignés face à lui puis sortaient à une cadence infernale des imprimantes.

Orwell attrapa une feuille au hasard. Elle concernait les championnats scolaires de Paris 1992. 60 mètres plat. 1re : Nadia Martin.

— Passionnant.

Il se tourna vers Lupescu.

— Constantin, triez-moi tout ça. Je veux une synthèse dans un quart d'heure.

— Vous souhaitiez tout savoir, monsieur Orwell, répondit Lupescu en s'autorisant un sourire ironique.

— C'est surtout Molenne qui m'intéresse. Qui est ce type ? Comment dépense-t-il son argent ? Se drogue-t-il ? A-t-il une maîtresse ?

Lupescu fit signe qu'il avait compris.

Un quart d'heure plus tard, au bout d'un couloir du deuxième sous-sol, il frappait à la porte du bureau 000.

— Je vous écoute, dit Orwell.

Lupescu se mit à lire d'une voix neutre la note qu'il avait préparée.

— Molenne vit avec sa mère dans un F4 de banlieue. La mère est veuve, elle exerce la profession de psychologue. Molenne est prof de français en ZEP, dans un collège réputé difficile. Nadia

141

Martin enseigne dans le même établissement une discipline que les Français appellent science de la vie et de la Terre.

— Martin est sa maîtresse ? devina Orwell.

Lupescu haussa les épaules.

— Je n'ai rien là-dessus. Ils ne se connaissent pas depuis très longtemps.

Orwell tendit la main pour saisir les deux fiches que lui présentait Constantin Lupescu. Toutes les informations essentielles y figuraient : date et lieu de naissance, situation familiale, diplômes, etc. Chaque fiche portait dans un coin la reproduction d'une photo d'identité. Orwell prit une loupe pour examiner les clichés de mauvaise qualité.

— Des gens très ordinaires, dirait-on.

— La fille n'est pas vilaine, estima Lupescu.

Orwell acquiesça.

— Qu'avez-vous trouvé de révélateur sur Molenne ? A-t-il eu des ennuis avec la justice ?

— Il a été arrêté en mars 1999 à l'issue d'une manifestation de l'association Droit au Logement.

Orwell sourit.

— Je vois. Un pacifiste. Un antimondialiste.

— Possible, dit Lupescu. Molenne signe régulièrement des pétitions qui circulent sur l'internet. Contre la peine de mort aux États-Unis, contre…

— C'est bien ça, coupa Orwell, un pacifiste au grand cœur. Ce sont nos pires ennemis, Constantin.

— Il donne régulièrement au Téléthon, précisa Lupescu.

— Des marottes, des vices ? demanda Orwell.

— Je pense qu'il s'agit d'une personnalité plutôt terne. Il n'a pas quitté la cité des Quatre-Cents au cours des six derniers mois. L'étude de ses cent cinquante dernières opérations bancaires ne révèle pas grand-chose. Il achète des livres et des jeux vidéo.

— Ah ! fit Orwell.

— Sa mère est une cliente régulière du Mondiorama, poursuivit Lupescu. Beaucoup de volailles, toujours du Label Rouge.

Orwell lui fit signe d'abréger.

Constantin Lupescu ouvrit son classeur et posa sur le bureau d'Orwell une série de documents.

— Voici le détail des médicaments prescrits depuis dix mois avec la carte Vitale. Des calmants, des pansements gastriques… Molenne est un anxieux.

Il désigna une liasse épaisse.

— Vous avez la liste de tous ses correspondants réguliers sur l'internet, ses sites préférés… ainsi que le texte des cinquante derniers e-mails…

Ça, ce sont les cent dernières dépenses par carte bleue. En fait…

Orwell leva les yeux pour dévisager Lupescu.

— Quoi ?

Lupescu hésitait.

— Pure hypothèse, annonça-t-il. La voiture est au nom de sa mère, l'appartement est au nom de sa mère. Il ne sort pas. Il joue à des jeux vidéo avec des gamins de douze ans. On ne lui connaît pas de maîtresse. Si vous voulez mon avis, ce type a tout de l'homosexuel refoulé.

— Un pédé pacifiste, dit Orwell. Ce sont les pires de nos pires ennemis.

— Puis-je autre chose pour vous, monsieur Orwell ?

Orwell feuilletait les messages échangés par courrier électronique. Molenne bêtifiait en compagnie de ses élèves. Orwell fronça les sourcils. Il venait de comprendre que dans ces échanges de propos puérils il était question d'un jeu nommé Golem !

— Très intéressant. Merci, Constantin. Bon travail.

Son regard tomba soudain sur le listing des achats réglés par carte bancaire. Orwell poussa un juron.

— Et ça ? Vous avez ça sous le nez et vous ne voyez rien !

Lupescu s'approcha, intrigué. Sur la longue feuille, première ligne, à la date du jour, était mentionnée la toute dernière opération effectuée par Jean-Hugues de Molenne.

15 h 53 - Mondioland - 40 FS.

Jean-Hugues arpentait la MC Way en scrutant ce qui l'entourait d'un œil désespéré. Combien y avait-il d'enfants dans ce parc ? Cinq mille ? Dix mille ? Éparpillés dans six pays imaginaires, sur huit hectares de jeux, d'attractions, de bâtiments, de labyrinthes.

Gruyèreland, Vidéoland, Futureland… il ne savait par où commencer.

— Idiot, complètement idiot, grommela-t-il. Mais qu'est-ce que je fous là ?

Il n'avait aucune chance de repérer ses élèves au milieu de la foule. La solution était évidente. Elle lui brûlait les yeux. Elle se nommait « Point de rencontre ». C'était là que les mamans venaient récupérer les enfants égarés. « Je vais demander qu'on fasse une annonce au micro. » Il devait être possible de retrouver trace du quatuor des Quatre-Cents. C'étaient les grands gagnants du concours Mondiorama. Ils avaient reçu un traitement de faveur. Le personnel du parc était forcément au courant. Sauf que… les faveurs n'avaient sans doute pas duré longtemps.

145

Un frisson parcourut l'échine de Jean-Hugues. Majid et Samir étaient tombés dans un piège, il avait la conviction depuis le début. Rien ne prouvait qu'on les eût seulement conduits à Mondioland. Peut-être étaient-ils à cent, à mille kilomètres de là. Peut-être…

Il se secoua. Mais non, il délirait. Le concours avait été organisé au grand jour. Tout le monde savait que Mondiorama avait envoyé quatre enfants au parc de Mondioland.

Ils vont bien être obligés de les rendre.

Jean-Hugues se répéta cette phrase jusqu'à se sentir rassuré. Et, au moment où ça commençait à marcher, au moment où son cœur commençait à se calmer, une autre phrase vint déloger la première dans sa tête.

Ils peuvent dire qu'il y a eu un accident.

Jean-Hugues fit un gros effort pour se moquer de lui-même. Trop d'imagination, comme toujours.

Pourquoi feraient-ils une chose pareille ?

Albert et lui avaient eu l'occasion d'évoquer la question pendant l'interminable trajet en camping-car.

— Les enfants sont des appâts, lui avait dit Albert.

— Pour attraper qui ?

— Devine !

« Eh bien voilà, songea Jean-Hugues. J'ai mordu à l'appât. » Quand Mondada et Mondoudou l'encadrèrent, il ne fut donc pas surpris.

— Qu'est-ce que... mais lâchez-moi !

Ils étaient grands et bizarres, ils étaient poilus et sentaient la naphtaline. Mondada le tenait grâce à une espèce de sabot qui s'ouvrait comme une pince de homard. Mondoudou lui avait discrètement passé autour du cou une longue queue soyeuse. Ni l'un ni l'autre ne semblaient se préoccuper de lui. Ils regardaient quelque chose, dans la large paume ouverte de Mondoudou.

— Okay, c'est bien lui, dit une voix étouffée par le rembourrage du déguisement.

Jean-Hugues eut tout juste le temps d'apercevoir ce qui les avait renseignés : la reproduction agrandie d'une vieille photo d'identité, une de ces photos où on a une tête d'assassin.

— Tu nous suis sans crier, ordonna Mondoudou. Sinon, je serre la queue.

Jean-Hugues fit signe qu'il avait compris.

Si on lui avait dit qu'on pouvait enlever quelqu'un dans un parc d'attractions au milieu de dix mille personnes, il ne l'aurait pas cru. Pourtant, il était en train de constater que rien n'était plus facile. Mondoudou aurait pu lui arracher les yeux et Mondada lui couper les bras. Les gens auraient ri et applaudi. À Mondioland, tout était spectacle.

Le trajet fut bref. Avec sa cagoule noire sur la tête, Jean-Hugues n'eut pas le loisir d'admirer le paysage. Mais il devinait sans peine. Albert lui avait montré, sur une carte, la route qui menait de Mondioland à la petite ville de Gruyères. Ensuite, plusieurs itinéraires étaient possibles. On n'accédait pas au siège de la MC de la même façon selon qu'on était simple visiteur, humble secrétaire ou responsable d'un département sensible.

Jean-Hugues savait qu'il y avait une sorte de vitrine, une entrée officielle, avec parking et enseignes clignotantes, hall d'accueil, sourires et plantes vertes. C'était, comme on le dit pour les icebergs, la partie émergée de la MC. Et, comme pour les icebergs, la partie immergée était de loin la plus importante. D'après Albert, le bunker comprenait trois étages entièrement souterrains, enterrés dans le roc. Des centaines de bureaux, des kilomètres de couloirs, des hectares d'entrepôts…

Jean-Hugues n'en doutait pas : il se trouvait quelque part dans cet immense domaine secret que jamais n'éclairait la lumière du jour. Quand on lui ôta sa cagoule, il put même préciser où avec exactitude : devant le bureau 000.

La porte s'ouvrit et Jean-Hugues fit la connaissance d'Orwell.

Jean-Hugues s'était préparé à une confrontation brutale, à un véritable combat. C'est tout juste si Orwell lui adressa un regard. Assis derrière son bureau, il écrivait une lettre.

— On ne va pas perdre de temps, dit-il tout en se relisant. Molenne, vous êtes un homme raisonnable, je pense.

Il poussa un bouton sur une télécommande. Face à lui, sur un écran du système de vidéosurveillance, apparut l'image d'une petite pièce anonyme. Jean-Hugues poussa une exclamation. Au centre, debout, bras ballants, se tenaient Majid et Samir.

— Où sont les deux autres ? demanda-t-il d'une voix blanche. Sébastien ? Aïcha ?

— Je n'ai rien contre ces enfants, dit Orwell. Ni contre vous, d'ailleurs. Je pense que vous avez été mêlés par hasard à une affaire qui ne vous concerne pas.

— Ces méthodes sont inqualifiables ! La MC est…

Orwell leva une main en signe de protestation.

— On se fait des idées fausses, Molenne. La société que je représente n'est pas le monstre inhumain que certains se plaisent à décrire.

— Ça va, coupa Jean-Hugues. Pas de discours. Qu'est-ce que vous voulez ?

— L'emplacement du camping-car. Un Amical 5, si mes renseignements sont bons.

La stupeur empêcha Jean-Hugues de réagir pendant une longue minute.

— Nous ne sommes pas inhumains mais nous sommes déterminés, précisa Orwell. Je vous le dis très franchement : M. William souhaite…

Orwell laissa passer un temps avant de s'informer sur un ton doucereux :

— Vous avez déjà entendu parler de M. William ?

Jean-Hugues cligna les yeux et Orwell reprit :

— M. William souhaite avoir un entretien avec un de nos anciens employés que vous connaissez sous le nom d'Albert. La MC souhaite également rentrer en possession d'un appareil expérimental. Cet ordinateur est pour nous d'une grande importance. Si vous l'ignorez, je précise qu'il nous a été volé.

Jean-Hugues sentit son estomac se tordre.

Natacha !

Avec un vague sentiment de honte, il dut s'avouer que l'idée de livrer Albert lui coûtait moins que la perspective de rendre l'ordinateur.

— Je… je ne sais pas de quoi vous voulez parler, bredouilla-t-il.

Mais la réplique arrivait si tard que c'en était ridicule.

— Regardez-les bien, dit Orwell en désignant les enfants sur le petit écran. Regardez…

Plop ! L'écran s'éteignit comme si l'ignoble personnage avait fait disparaître les enfants eux-mêmes.

— Tout le monde sait qu'ils sont partis à Mondioland ! s'écria Jean-Hugues. Il vous faudra bien rendre des comptes !

Orwell hocha la tête d'un air ennuyé.

— Nous serons tenus pour responsables, j'en suis bien conscient.

— Rallumez cet écran ! Je veux les voir ! s'affola Jean-Hugues. Vous ne pouvez pas, vous ne pouvez pas… Jamais la MC ne survivrait à un tel scandale !

— Un accident, Molenne. Un hélicoptère qui s'écrase. Je vous assure que nul ne décèlerait sur ces petits corps carbonisés la moindre trace de torture.

Ils peuvent dire qu'il y a eu un accident. C'était précisément ce que Jean-Hugues avait pensé quelques minutes auparavant.

— Vous êtes fou ! C'est impossible !

Orwell feignit de réfléchir.

— Impossible ? Hmm… non. Mais fâcheux, je vous l'accorde. Cela nous coûterait extrême-ment cher. L'hélicoptère… ça vaut une fortune, ça, un hélicoptère… et il nous faudrait verser des indemnités aux familles. Enfin, les assurances sont là pour payer. Les parents des enfants toucheraient une belle petite somme.

— Où sont les deux autres ? Sébastien et Aïcha ?

Orwell leva les bras au ciel.

— Mon cher ami, je prie avec vous pour qu'ils ne soient pas déjà dans l'hélicoptère. Mais dépêchez-vous.

— Je veux voir les enfants, s'obstina Jean-Hugues. Je ne parlerai pas tant qu'ils ne seront pas à côté de moi.

Orwell sourit. Il savait qu'il avait gagné : quand quelqu'un commence à poser ses conditions, c'est comme s'il admettait sa défaite. Aucun doute, Molenne allait parler.

CHAPITRE XII

LARA ET LES COW-BOYS

— Ouvrez, c'est nous ! Sébastien et Aïcha ! Ouvrez !

À l'intérieur du camping-car, Albert et Nadia se regardèrent, incrédules. Jean-Hugues venait juste de partir et il avait déjà retrouvé les enfants ?

Natacha fut la plus rapide. Elle se précipita vers la porte et l'ouvrit. Elle braqua son dégom-laser sur Sébastien. Un regard lui suffit pour voir qu'il portait le t-shirt « *Life is MC* ». Elle devait donc le détruire. *Pwijj.*

— Non ! hurla Nadia.

Sébastien s'effondra. Le mortel rayon l'avait frappé en plein cœur.

— La gourde ! La gourde ! cria Albert.

Il fallait s'emparer d'une des trousses de soin qui pendaient à la ceinture de Natacha. Nerveuse comme un fauve à l'affût, la golémette se retourna vers Albert et Nadia, les menaçant de son dégomlaser. Dans l'évier de la cuisine, il y avait une petite casserole pleine d'eau sale. Nadia s'en empara.

— Soigne le petit, ordonna-t-elle. Ou ze te tue.

À bout de bras, elle montrait l'eau, prête à la balancer.

— Pas l'eau, fit Natacha de sa voix de robot. Pas l'eau, pas l'eau.

La situation la déboussolait. Elle se trouvait placée devant une alternative : ou elle redonnait la vie à MC et elle ne perdait pas la sienne, ou elle laissait mourir MC et elle-même mourait.

— Ma mission, c'est de détruire MC.

— Mais ce n'est pas la MC, ça, c'est un enfant ! trépigna Nadia.

— Un petit d'homme, ajouta Albert, la voix suppliante.

Sébastien, à terre, hurlait de douleur. La plaie s'ouvrait juste au niveau du cœur.

— Dépêche-toi, ordonna Nadia, ou ze te fais diszoncter !

Elle agitait la casserole, faisant clapoter l'eau.

— Sébastien est ton allié. C'est un petit d'homme, martelait Albert. C'est un ami de Jean-Hugues, putain, tu comprends ce qu'on te dit ?

— Ma mission, ma mission, c'est…

Natacha se tut. Ce qui lui tenait lieu de cerveau semblait hors circuit. Mais, contre toute attente, elle replaça le dégom-laser dans son dos et détacha une de ses gourdes. D'une voix presque naturelle, elle annonça :

— Ma mission, c'est de soigner petit d'homme.

Sébastien était sur le point d'expirer. La douleur lui avait fait perdre connaissance. Debout devant lui, muette d'horreur, la petite Aïcha pleurait. Elle eut un sursaut de frayeur en voyant s'avancer la golémette.

— Non, gémit-elle en se protégeant le cœur avec les mains.

Sans le savoir, elle cachait le sigle MC de son t-shirt et ce fut sans doute une bonne chose pour elle. Natacha ne lui prêta aucune attention. Elle se pencha au-dessus de Sébastien et renversa la gourde à l'endroit de la blessure. Quelques grains de lumière scintillèrent à la sortie du goulot. Sébastien gémit, porta la main à son front, rouvrit les yeux et hurla d'effroi :

— Attention, elle est armée !

Nadia s'interposa :

— On est là, Sébastien. Il n'y a plus de danzer. Relève-toi. Tu te sens bien ?

Toute trace de blessure avait disparu et le garçon se redressa.

Nadia crut que tout le monde allait se réfugier dans le camping-car et s'expliquer. Elle se retourna et poussa un cri de surprise. Albert descendait du véhicule, tenant la casserole d'eau à la main. Le cri alerta la golémette.

— C'est malin, ragea Albert.

Il avait eu l'intention d'arroser Natacha tandis qu'elle lui tournait le dos. À présent, tous deux s'observaient, les yeux dans les yeux. C'était à qui dégainerait le plus vite. Natacha serrait la courroie de son dégom-laser. Elle n'avait plus l'arme au poing, prête à l'emploi. Albert avait donc un petit avantage. Mais s'il la ratait, il savait ce qui l'attendait.

— On… on fait la paix, plaida Nadia, la voix tremblante. On est des alliés.

— Alias est mon maître et Caliméro est mon allié, récita Natacha.

Elle avait l'air un peu absent. C'était peut-être le moment de s'en débarrasser. Albert tenta sa chance et lui lança une giclée d'eau. Mais la golémette fit un bond de côté d'une soudaineté incroyable.

— Essaie encore une fois, dit-elle de sa voix robotisée.

Albert jeta un coup d'œil à sa casserole. Elle était presque vide. Sans y croire beaucoup, il visa une seconde fois Natacha. Et la rata.

— *Game over*, annonça-t-elle.

Mais, une fois de plus, elle n'eut pas la réaction attendue. Au lieu de dégommer Albert, elle tourna les talons et prit la fuite au milieu des voitures.

— Non ! s'écria Nadia. Reviens, Natacha, reviens !

Un tel danger lâché dans la nature, ce n'était pas possible ! Nadia s'élança à sa poursuite, Albert emboîta le pas à Nadia, tout deux s'époumonant : « Reviens, reviens ! » Sur le parking, les gens se retournaient pour les regarder passer.

— C'est Lara Croft ! s'enthousiasma un papa. Vas-y, Lara !

— Mais non, corrigea son fils, Lara Croft, elle est brune.

Natacha laissait derrière elle un sillage de rêves et de fantasmes. Elle ne tarda pas à laisser aussi Albert, totalement hors d'haleine.

— Nadia, arrête, reviens !

Il souffla longuement, plié en deux par un point de côté. Mais Nadia Martin, l'ex-championne d'Ile-de-France, n'avait pas ralenti sa course. Elle s'accrochait à Natacha dont la foulée était d'une régularité mécanique. Toutes deux avaient quitté le parking, abandonné la route et pris un chemin de randonnée à travers la montagne.

« Combien de temps je vais tenir ? » s'interrogea Nadia. Natacha n'accélérait jamais, mais elle n'éprouvait sans doute aucune fatigue. Pourtant, au bout de dix minutes de grimpée, elle s'arrêta net et regarda autour d'elle. Des prés, des vaches, la montagne. Prudemment, Nadia s'approcha d'elle en murmurant : « Alliée, moi, heu, moi homme… » Mais ce qu'elle vit alors manqua lui faire pousser un cri d'horreur. Le vent avait soulevé la lourde frange d'or. Sur le front de Natacha, il y avait quelque chose de tatoué, non, pire encore : de gravé dans la chair. Le vent rabattit le rideau de cheveux sur les quatre lettres du mot EMET. Natacha étendit le bras et en parcourut l'horizon.

— Il y a des milliards de niveaux, dit-elle.

Elle se tourna vers Nadia et parut lui expliquer :

— C'est le monde réel.

— Ze suis au courant, répondit Nadia, encore haletante.

— Où est Jean-Hugues ?

— Zean-Hugues ?

— Jean-Hugues, la reprit Natacha.

— Oui, Zean-Hugues.

— Jean-Hugues. Essaie encore une fois.

Nadia soupira et fit signe qu'elle n'y arriverait pas.

— Jean-Hugues est mon allié, récita Natacha.
Puis sur un autre ton :
— Mon amour.
Nadia tressaillit :
— Ton amour ?
— Mon amour, je t'aime, récita Natacha, l'air aussi peu inspiré que possible.
— Ton amour est resté en bas, lui dit Nadia. Il faut revenir.
Natacha regarda vers la vallée :
— Revenir au premier niveau ?
Sans discuter davantage, elle fit demi-tour. Au bout de dix minutes de marche, Nadia se rendit compte que le chemin suivait une ligne de crête et ne descendait plus.
— Natacha, arrête-toi ! On a dû se tromper à un embranchement. Natacha, arrête, on est perdues…

En bas, Albert attendait et rageait. Se laisser semer comme ça par deux nanas ! Sébastien et Aïcha, assis sur la banquette du camping-car, se parlaient à voix basse. Ils étaient là, épaule contre épaule, main dans la main, unis par la magie du danger. À peine si Sébastien songeait qu'il était en train de trahir Majid. Albert finit par leur jeter un coup d'œil amusé. Puis il pensa à Nadia et son cœur se serra. Peut-être était-elle quelque part dans la montagne, blessée, mourante ?

— Et ce connard de Machin qui ne revient pas ! s'excita Albert.

Il souleva un des petits rideaux à la fenêtre du camping-car et ce qu'il vit lui fit froncer les sourcils.

— C'est quoi, ça ? murmura-t-il en cherchant machinalement son Beretta.

Sur le parking, parmi un attroupement de badauds, une douzaine de cow-boys avançaient en demi-cercle. Sous leur gilet, ils portaient le t-shirt « *Life is MC* ». L'un d'eux sortit son colt, fit quelques moulinets et tira en l'air, bientôt imité par les autres. Quelques dames poussèrent des cris. Albert rabattit le rideau en crachant « Connerie » entre ses dents. Une attraction pour sous-développés mentaux… Il ne remarqua pas que les cow-boys encerclaient peu à peu le camping-car. Celui qui portait une étoile de shérif tira dans la portière de l'Amical 5 puis lui donna un vigoureux coup de botte. Albert bondit de la banquette et dégaina.

— Bouge pas ou t'es cuit ! fit le shérif en entrant.

Deux autres cow-boys envahirent le camping-car. Ils arrachèrent les enfants à la banquette, leur tordirent le bras dans le dos et leur placèrent le canon d'une arme sur la tempe.

— Ton flingue, ordonna le shérif à Albert.

À l'extérieur, les cow-boys faisaient une démonstration de tir et de lasso en poussant des « *yippee !* » assourdissants. Albert fut contraint de s'asseoir au volant de l'Amical 5 et de quitter le parking. Le shérif, à son côté, lançait des petits « bonjour » à la fenêtre. Sébastien et Aïcha avaient dû s'allonger par terre et se laisser lier les mains dans le dos.

Le camping-car prit la direction de Gruyères. Terminus, MC.

Nadia et Natacha arrivèrent sur le parking au moment où le camping-car s'en éloignait.

— Mais ils s'en vont ! s'écria Nadia, scandalisée en voyant démarrer l'Amical 5.

Elle se mit à courir en bousculant les badauds.

— Albert ! Attends !

Une poigne brutale la retint par l'épaule. C'était Natacha.

— Danger. MC, dit-elle en désignant les cow-boys restés sur le parking.

Elle arma le dégom-laser. *Clac clac.*

— Vas-y, Lara ! s'enthousiasma un papa.

— C'est pas Lara, rectifia sa fille. Elle est blonde, celle-là.

— Danger, MC, répéta la golémette.

Un déluge de feu s'abattit sur les tueurs de la MC recyclés en cow-boys. Les spectateurs applaudirent. *Pwijj. Reload. Pwijj.* Avec des hurlements de bête, les cow-boys se cambraient et s'effondraient à tour de rôle.

— Génial ! Et un et deux et trois !

De toutes parts, les encouragements fusaient. Épouvantée, Nadia avait porté les mains à ses oreilles. Mais ce qu'elle voyait était plus horrible encore que ce qu'elle refusait d'entendre. Six corps se tordaient de souffrance.

— Arrête ! Arrête ! trépigna-t-elle. Hommes ! Hommes !

— Vas-y, vas-y ! criaient les spectateurs, ravis.

Nadia se tourna vers eux et leur hurla :

— Mais partez, bande d'abrutis ! Elle tue pour de vrai. Pour de vrai, vous comprenez ? Pour de vrai !

Quelques rires incrédules accueillirent ces paroles. Suivit un silence de quelques secondes. Puis ce fut la panique. Les cow-boys rescapés en profitèrent pour s'enfuir, vite imités par les papas et les fifilles, les papys et les mamies.

Nadia entraîna Natacha par le bras :

— Vite, il faut les soigner. Tes trousses de soin, vite !

Mais Natacha résista :

— Ce sont les méchants. Je tue les méchants.

Sur les six cow-boys, quatre avaient été touchés à la tête et gisaient, le front béant. Inconscients ou morts ? Un autre était couché sur le dos, les mains crispées sur le ventre, et remuait encore faiblement. Le dernier, paralysé par la terreur, se tenait le bras sans trouver la force de se relever. Étrangement, le sang ne s'écoulait pas des blessures. Il dessinait comme une fleur pourpre autour des chairs qui s'ouvraient.

— Natacha, ze t'en supplie, soigne-les. Hommes. Hommes.

Nadia avait compris qu'il s'agissait de tueurs de la MC. Mais leur agonie n'avait rien d'une séquence vidéo dont on s'amuse, à l'abri d'un écran. Nadia devait les sauver. Elle improvisa :

— Natacha, ce sont des hommes. Ils ont des femmes et des enfants. Ils aiment. « Mon amour, ze t'aime. » Comme Zean-Hugues.

— Ce sont les méchants, répéta Natacha.

— Oui, mais les méchants peuvent devenir zentils. Pas dans les zeux vidéo, mais dans la vie. Dans le monde réel, on est parfois méchant, parfois zentil. Tu comprends, Natacha ?

— Non.

Mais elle vacillait. Tout son monde vacillait. Alors, Nadia prit le risque de détacher une gourde à sa ceinture. Elle était légère, presque inexistante. Vite, Nadia courut jusqu'à celui qui se tordait sur le sol et versa quelques grains de lumière sur sa blessure à l'abdomen.

Immédiatement guéri, il ramassa son colt tombé à côté de lui et mit Nadia en joue. *Pwijj. Pwijj.* Le premier trait de laser fit voler le colt en éclats, le suivant transperça l'homme d'une tempe à l'autre.

— Ce sont les méchants, redit Natacha sur le ton du constat.

Restait celui qui avait été touché au bras. Il était jeune et terrifié. Le dégom-laser lui avait ouvert les chairs de l'épaule jusqu'au coude, et l'invisible scalpel poursuivait son œuvre en longueur et en profondeur.

— Pitié, balbutia-t-il en voyant s'avancer Nadia.

— Ze peux te sauver. Mais à une condition. Ze veux savoir quels ordres on vous a donnés et qui les a donnés.

— Je sais pas grand-chose, murmura le jeune homme.

La souffrance lui permettait à peine de desserrer les dents.

— On nous a dit de prendre le contrôle du camping-car et de maîtriser ses occupants.

164

— Qui vous a donné cet ordre ? questionna Nadia en approchant la gourde du bras blessé.

— M. William. Enfin, son larbin, Orwell.

Nadia fit mine d'hésiter à renverser la gourde au-dessus de la blessure.

— Et où emmène-t-on le camping-car ?

— Au siège de la MC. À Gruyères.

Nadia vida la gourde de soin et la plaie se referma.

— C'est incroyable, c'est…

Le jeune homme pleurait. De terreur, de soulagement.

— Il y a quelqu'un que z'aime dans ce camping-car, lui dit Nadia. Et il y a deux enfants.

— Je ne savais pas. Je vous demande pardon.

Le jeune homme pleurait. De terreur, de regret. Quand il leva les yeux, Natacha était penchée au-dessus de lui. Il lui sembla voir l'ange de la mort et de la résurrection.

— Pitié ! implora-t-il.

— Dans le monde réel, lui expliqua Natacha, on est parfois méchant, parfois gentil.

Gruyères se situait à une quinzaine de kilomètres de Mondioland. Nadia boucla à sa taille un ceinturon avec colt, se coiffa d'un chapeau de cow-boy abandonné sur le sol et fit signe à Natacha de la suivre. Tout était désert dans un rayon de cinq cents mètres. La panique avait bien nettoyé le parking.

Bravement, les deux filles prirent la route qui menait au siège de la MC. Nadia était si préoccupée qu'elle ne songea pas tout de suite à la solution qui s'imposait. Des voitures les doublaient et, chaque fois, le conducteur et les passagers leur jetaient des regards ahuris.

— Mais ze suis bête ! s'exclama Nadia. On va faire de l'auto-stop.

Elle s'arrêta sur le bord de la route, dans une ligne droite, et elle tourna le pouce en direction de Gruyères. Natacha se plaça à côté d'elle, jambes écartées et poings sur les hanches, dans l'attitude de la guerrière au repos. Nadia avait l'impression que, dans ces temps morts, la golémette, bien loin de se déconnecter, intégrait de nouvelles données.

Un cabriolet rouge vif freina dans un crissement de pneus et pila net à leur hauteur. Le conducteur était un homme d'une trentaine d'années au long nez de jouisseur et aux yeux rapprochés.

— Alors, les filles, c'est cool, le stop ?

Il leur fit un sourire ultra-bright en enlaçant tendrement le dossier de son siège.

— On va à Gruyères, répondit Nadia en exagérant son ton de petite prof coincée. Si c'est sur votre route ?

— Mais bien sûr, ma chérie, répondit le séducteur. Et c'est quoi, ces tenues ? C'est pour mieux aguicher le client ?

Il lorgnait les cuisses et les seins de Natacha.

— C'est des déguisements. On les a achetés à Mondioland, répliqua Nadia en étouffant un soupir.

Le bellâtre avait ouvert sa portière et rabattu le siège du passager pour que Nadia se glisse à l'arrière. À son grand désappointement, ce fut la super-canon qui prit la place et Nadia qui s'assit à côté de lui.

— Vous avez de beaux joujoux, dit-il, faisant allusion au colt et au dégom-laser.

Il eut un rire gras.

— J'en ai un aussi. Vous voulez que je vous montre ?

— On va à Gruyères, récita Natacha.

L'homme démarra et jeta un coup d'œil dans son rétroviseur. *Space*, la gonzesse ! Pour l'épater, il appuya sur le champignon.

— Moi, c'est Stéfano. Et vous ?

Il ne s'adressait en fait qu'à Natacha.

— Moi, c'est Micheline, fit Nadia, et elle, c'est Bernadette.

— Et à Gruyères, vous allez faire quoi ? reprit Stéfano sans se laisser abattre.

167

— Ma mission, c'est de détruire la MC, répondit Natacha.

Stéfano éclata de rire et, après un nouveau coup d'œil dans le rétro, il glissa à Nadia :

— Si c'est du silicone, c'est bien imité. Elle doit faire un bon 90, non ?

— Faites-en autant, répliqua Nadia en lui désignant le compteur.

CHAPITRE XIII

PETIT CONTRETEMPS

Orwell fit craquer ses phalanges droites, doigt après doigt, en les écrasant dans sa paume gauche. Il songeait à Albert. Cette fois, ça y était. Il le tenait. Pendant des mois, Albert avait nargué la MC. Mais c'était fini. FINI. Orwell avait reçu un appel sur son portable : « L'opération cow-boy est terminée. On a récupéré les gosses en prime. » Victoire sur toute la ligne. Désormais, plus rien n'allait l'arrêter. De gré ou de force, Albert lui dirait comment faire sortir les hologrammes de l'ordinateur bleu électrique. Les gosses seraient reconditionnés par hypnose et retournés à leurs parents. Jean-Hugues de Molenne finirait sa courte vie dans un ravin suisse. Tout était prévu. Restait ce petit contretemps dû au système de sécurité ALIAS, que Calvin Muller avait tout intérêt à régler rapidement.

Orwell consulta sa montre. L'Amical 5 ne devait plus être loin. L'attente le surexcitait. De nouveau, il fit craquer les jointures de ses doigts. Il entretenait en lui une joie sardonique.

Soudain, une petite lumière verte se mit à clignoter sur un vaste panneau mural où étaient représentés les labyrinthes de la MC.

— Les voilà, murmura Orwell.

La lumière clignotante figurait le camping-car et permettait de suivre sa progression. Il venait de franchir la barrière de l'entrée nord. Orwell s'imagina le parcours : les deux cents mètres de route jusqu'à la montagne et l'énorme porte s'ouvrant lentement pour donner accès aux entrepôts et aux garages creusés à même le roc.

La lumière continuait de se déplacer. Albert devait à présent reconnaître les enfilades de bureaux paysagés où, sous la surveillance des caméras, des équipes de techniciens mettaient au point les produits MC. Il avait passé là de longs mois à concevoir et programmer Golem.

La lumière verte devint rouge. Albert pénétrait dans le saint des saints, les appartements privés de M. William. Puis la lumière s'éteignit et l'on n'entendit plus qu'un léger bip-bip. Car, dans ces lieux secrets, il y avait toujours plus secret. Ceux qui travaillaient là ne remontaient jamais à la surface. Deux de ces hommes voués aux ténèbres poussèrent Albert dans la pièce où l'attendait Orwell.

— Je suis content de vous voir, ricana-t-il en se plantant devant son prisonnier. Désolé de ne pouvoir vous serrer la main…

Albert était menotté.

— Vous vous souvenez de moi ?

— Je dois vous avoir croisé quelque part, répondit Albert avec un flegme un brin forcé. C'est bien vous qui faites le ménage chez M. William ?

Orwell fit semblant d'être amusé.

— Ah ! dit-il en tendant l'oreille. Quand on parle du loup…

Il avait entendu le grésillement électrique du véhicule de M. William. Une lourde tenture s'écarta d'elle-même pour lui laisser le passage.

Albert n'avait jamais vu M. William et, pendant quelques secondes, la curiosité l'emporta en lui sur l'inquiétude. Le patron de la MC était infirme et se déplaçait dans une sorte de youpala motorisé pour bébé de cent quarante kilos. Son visage blanc et flasque reposant sur un triple menton évoquait un flan qui s'étale dans l'assiette.

Le bel Albert fronça le nez de dégoût. Il n'allait pas se laisser impressionner par un dégénéré et son larbin. De toute façon, ce kidnapping était insensé. Jean-Hugues allait s'apercevoir de la disparition du camping-car et prévenir la police. Il fallait juste tenir le coup.

— Je ne l'ai pas entendu crier, remarqua M. William en désignant Albert.

— C'est normal. Nous n'avons pas commencé, répondit Orwell avec une courbette.

— C'est gentil de m'avoir attendu, fit M. William, la voix sucrée.

Albert ne vit rien venir. Quelque chose s'abattit sur son visage, lui lacérant la joue et lui ouvrant les lèvres. Le choc faillit le faire tomber à la renverse. Au bout du bras de M. William pendait la longue cravache dont il venait de se servir avec sauvagerie. Orwell esquissa un geste d'apaisement.

— Monsieur William, je viens de vous dire que nous ne l'avons pas encore interrogé !

— Mais il ne veut pas répondre, répliqua doucement M. William. Il ne veut pas répondre parce qu'il est fier et courageux.

Hurlant, il ajouta :

— Et parce qu'il nous hait ! Hein, tu hais la MC ?

Il leva de nouveau la cravache et Albert heurta le mur en tentant d'esquiver. Orwell toussota pour reprendre la situation en main.

172

— Bien, bien. Nous allons sûrement nous entendre. Nous avons récupéré cet ordinateur que vous nous aviez volé, Albert. Il ne manque qu'une petite chose à notre bonheur, une petite chose que vous allez nous dire…

— On pourrait peut-être lui arracher un ou deux ongles ? suggéra M. William. J'ai remarqué que cela disposait bien les esprits.

Deux gardes entrèrent alors et installèrent sur une table l'ordinateur bleu électrique. Orwell posa la main sur le moniteur :

— Faites-moi sortir les personnages de Golem !

Albert comprit qu'il devait gagner du temps. Il montra ses menottes et se fit libérer. Il porta la main à sa bouche que le sang emplissait et s'essuya furtivement. Puis il s'assit devant l'ordinateur, l'alluma et découvrit la séquence qui permettait d'appeler Natacha. Le jeu semblait attendre, tapi de l'autre côté de l'écran. Albert se résuma mentalement la situation. La MC savait que les personnages du jeu sortaient de son ordinateur. Mais le peu de méfiance d'Orwell semblait indiquer qu'il ne connaissait pas le degré de perfectionnement de ces hologrammes ni leur hostilité à la MC.

Albert tapa ALIAS sur son clavier.

— Qu'est-ce que vous faites ? s'étrangla Orwell.

Il avait peur d'ALIAS.

— Je réponds à l'énigme : « Je suis celui qui est autrement appelé », expliqua Albert.

— On peut aussi lui couper une oreille ? proposa M. William qui trouvait tout cela bien long et ennuyeux.

Entre ton nom venait de s'afficher sur l'écran. Orwell, penché sur le clavier, inscrivit ORWELL dans le cartouche. L'ordinateur fit *plouitch* et s'éteignit.

— Il se moque de moi ! Il se moque ! hurla M. William en abattant sa cravache sur les épaules d'Albert.

Poussé à bout, le jeune homme se redressa brusquement, attrapa le bras du gros homme et tira, manquant de faire verser le youpala motorisé. Les gardes le couchèrent en joue.

— Non, non ! s'affola Orwell. Laissez-le en vie ! Il doit parler.

Traqué, Albert s'appuyait au mur.

— Il va parler, ajouta Orwell, n'est-ce pas ?

De nouveau, Albert essuya le sang qui coulait de ses lèvres fendues. Sans grand espoir d'être cru, il articula douloureusement :

— Cette séquence a été introduite dans mon jeu de façon clandestine. Je ne l'ai pas programmée. Je ne sais pas ce qu'il faut faire.

174

— Tu mens ! Tu mens ! cria frénétiquement M. William. Il ment ! Il ment ! Arrachez-lui la langue !

— Golem est votre jeu, renchérit Orwell.

— Oui, c'est mon jeu mais il m'a échappé.

— Échappé, murmura Orwell.

Il songea à ce que lui avait dit Muller : « On a l'impression qu'ALIAS joue avec nous, qu'il nous nargue. » Pour sauver sa peau, Albert ajouta :

— Il n'y a qu'un homme au monde qui soit capable de faire sortir les hologrammes et cet homme, ce n'est pas moi.

— Il ment, il ment ! ragea M. William. Il dit ça parce qu'il ne veut pas qu'on lui coupe la langue.

Orwell lança à son patron un regard qui n'avait rien d'aimable et signifiait même : « Mais boucle-la un peu ! » Il interrogea de nouveau Albert :

— Qui ? Qui peut faire sortir les hologrammes ? Je veux le nom de cet homme.

Albert aurait pu répondre : « Tartempion » ou bien « Giraud ». Il n'eut pas cette présence d'esprit et lâcha :

— C'est un type qui s'appelle Jean-Hugues de Molenne.

— Mais quelle charmante coïncidence ! s'extasia Orwell. Il est justement venu nous rendre une petite visite.

Albert crut que son cœur se décrochait. Ils avaient aussi capturé Jean-Hugues ! Quelle monstrueuse boulette il venait de commettre ! Et Nadia, était-elle entre leurs mains ? Nadia et Natacha, où étaient-elles ?

Pas très loin, en fait. Il était 21 h 15 et le cabriolet rouge de Stéfano venait d'arriver à Gruyères.

— Et où vous allez si tard, les filles ?

— On va détruire la MC, répondit Natacha.

Cette fois, le rire se coinça dans la gorge de Stéfano. Complètement *stone*, cette gonzesse.

— Vous savez où ça se trouve ? s'informa Nadia.

— Le… le siège de la MC ?

Stéfano devenait nerveux. Natacha répondit à sa place.

— À trois kilomètres. Passer devant le château, traverser la Sarine, première à droite après le pont.

— Elle est plus forte que le guidage par satellite, essaya de plaisanter Stéfano.

Mais il avait freiné. Il n'avait pas l'intention de conduire les filles jusque-là. Au même moment, quelque chose de froid appuya contre sa nuque. Le dégom-laser.

— Roule, ordonna Natacha.

Stéfano sentit ses cheveux se dresser sur sa tête. On ne rigolait plus, là. C'étaient au moins deux terroristes antimondialistes.

— Tu es sûre de la direction ? questionna Nadia, en sortant posément le colt de sa gaine.

— Alias m'appelle, répondit Natacha, la voix robotisée et ses yeux semblant ne plus rien voir.

21 h 20. À l'intérieur du bunker, Jean-Hugues venait d'être placé devant son ordinateur. N'était la situation, il l'aurait bien serré dans ses bras. Pour lui, c'était Natacha.

— Faites sortir un hologramme de cet appareil, lui ordonna Orwell. Il paraît que vous êtes le seul homme à pouvoir le faire.

Jean-Hugues jeta un regard de reproche à Albert mais il eut honte, aussitôt après. C'était lui qui avait livré Albert à la MC et le malheureux avait les vêtements éclaboussés de son propre sang.

— Je vous laisse trente secondes pour vous décider, s'impatienta Orwell. Passé ce délai, je… nous abattons Albert.

— Pour commencer, intervint M. William, l'œil facétieux. Nous avons des tas de petits enfants en réserve. C'est toujours amusant de tuer des petits enfants.

Jean-Hugues chercha à analyser la situation. Les quatre enfants et Albert étaient prisonniers.

Mais Nadia et Natacha, où se trouvaient-elles ? Personne n'en parlait.

— Vingt secondes, égrena Orwell, 19, 18…

— Pas de blague, lança Albert à Jean-Hugues.

Il se demandait si Machin n'avait pas décidé de le sacrifier.

— 14, 13, 12…

Sans se presser, Jean-Hugues s'assit devant son clavier et le caressa. « Si Natacha est retournée dans l'ordinateur, se dit-il, je peux la faire se matérialiser ici. Comment va-t-elle réagir si elle se trouve projetée au cœur de la MC ? »

— Vous avez de l'eau dans cette pièce ? demanda-t-il, la voix rêveuse.

— 10, 9… Nnnon, s'interrompit Orwell. Vous boirez plus tard !

Jean-Hugues acquiesça. Pas d'eau. La voie était libre pour Natacha. Alors, il entra son pseudonyme dans le cartouche : CALIMÉRO.

— Caliméro ? lut Orwell, éberlué.

Jean-Hugues se releva et attendit la sortie du faisceau laser. Mais rien ne se produisit.

— Il se fout de moi ! cria M. William. Caliméro et puis quoi ? Crevez-lui les yeux, Orwell !

« Donc, conclut Jean-Hugues pour lui-même Natacha est toujours dehors. »

— Ça… ça ne marche pas à tous les coups dit-il pour gagner du temps.

— Eh bien, recommencez, et vous avez intérêt à réussir, cette fois, menaça Orwell.

Jean-Hugues jeta un nouveau regard vers Albert pour voir comment il supportait l'épreuve.

— Ça va ? hasarda-t-il.

— On fait aller, répondit Albert dans un ultime effort pour garder son air décontracté.

Jean-Hugues se rassit et tapa CALIMÉRO sans se faire beaucoup d'illusions. Orwell avait remis le compteur sur 30.

— 29, 28, 27…

Perdant son sang-froid, Jean-Hugues attrapa l'ordinateur à bras le corps et le secoua. Il se souvenait d'avoir fait sortir les Malfaisants en prenant son moniteur pour un shaker.

— Mais il fait n'importe quoi ! s'indigna M. William. Qu'on le pende par les pieds !

— Des fois, ça marche, bredouilla Jean-Hugues en s'affaissant sur sa chaise, découragé.

Les yeux brouillés par les larmes, il tapa encore CALIMÉRO puis chuchota :

— Natacha…

21 h 30. L'énorme panneau *Life is MC* clignotait dans la nuit. Derrière les vitres blindées, une faible lumière éclairait le hall d'entrée. Le veilleur de nuit somnolait à son poste. Une décapotable rouge se gara sur le parking Visiteurs.

Stéfano, qui essayait de se convaincre qu'il rêvait, regarda s'éloigner les deux filles.

Quand l'entrée officielle de la MC fut dans sa ligne de mire, Natacha prit le dégom-laser à deux mains, la crosse calée contre sa hanche.

— Alias est mon maître et il m'appelle, récitat-t-elle.

Stéfano poussa un cri de stupeur. *Pwijj.* Elle avait tiré ! La fille avait tiré !

— Au secours, murmura-t-il, terrassé.

La porte vitrée avait explosé dans un incroyable fracas.

— Popo, police, gargouilla Stéfano.

Natacha enjamba les débris de verre et entra dans la MC au son déchirant des sirènes d'alarme. Elle balaya l'entrée de son laser, faisant éclater les vitrines d'exposition, les cadres des tableaux et les jardinières de fleurs, enflammant les magazines, les posters et les tentures. Le dégom-laser arrosait tout, comme une lance à incendie prise de folie. Puis Natacha traversa le décor dévasté où la température était montée de vingt degrés en quelques secondes.

Nadia, hallucinée, avança à sa suite tandis que s'effondraient les fausses poutres, les rayonnages et les cloisons. Derrière le hall d'accueil et les salles d'exposition à la gloire de MC se trouvaient les bureaux accessibles au public. Fort heureusement, ils étaient déserts.

Orwell se figea, comme foudroyé par l'incrédulité. Sur le panneau mural qui schématisait l'ensemble du bunker, toute la zone figurant l'entrée principale du bâtiment venait de changer de couleur. Orange vif, elle brillait à présent de façon inquiétante.

— Qu'est-ce que c'est ? demanda derrière lui la voix de M. William.

— Je ne sais plus… je dois me tromper, souffla Orwell.

Il se tourna vers l'un des gardes.

— Je me trompe, n'est-ce pas… ça ne peut pas être ça ?

L'homme se raidit mais ne répondit pas.

— Qu'est-ce que c'est ? hurla M. William.

— Garde, insista Orwell, rappelez-nous ce que cela signifie.

— Secteur détruit, dit l'homme d'une voix aussi neutre que possible. Sécurité nulle.

Orwell éclata de rire.

— Voyons, c'est ridicule… Secteur détruit ! Il s'agit du hall d'accueil.

— Débarrassez-vous d'eux ! brailla William, sa courte main potelée tendue vers Jean-Hugues et Albert.

— Du calme, dit Orwell, agacé.

Mais M. William semblait gagné par une angoisse galopante.

— Il a tapé ALIAS, accusa-t-il en désignant Albert. Il fallait l'en empêcher, Orwell ! Il communique avec le système. Il veut le rendre fou ! Il veut anéantir la sécurité !

Orwell fronça les sourcils, soupçonnant que le gros homme n'avait pas tort. Sur le tableau lumineux, la tache orange continuait de s'étendre. Puis une petite croix rouge s'alluma.

Cette fois, le garde intervint sans être sollicité.

— Intrusion par le sas 4, annonça-t-il.

— Impossible ! s'écria Orwell.

Il frappa la zone du plat de la main. Défiant Albert du regard, il cracha :

— Vous le savez comme moi, Albert. Pour faire sauter ça, il faudrait une bombe atomique cinq fois plus puissante qu'à Hiroshima. Personne ne peut entrer par là !

Albert haussa les épaules. Il avait vu dernièrement des choses autrement impossibles.

— Le blindage fait cinquante centimètres d'épaisseur, ajouta Orwell, comme s'il voulait le convaincre.

— Il suffit qu'ALIAS tourne la clé, répliqua Albert. ALIAS peut inviter qui il veut chez vous, Orwell.

M. William poussa un couinement apeuré. Orwell lui fit signe de se taire. Il tendait l'oreille.

— Est-ce que vous entendez quelque chose ? demanda-t-il, sans s'adresser à quelqu'un en particulier.

Il ne reçut pour toute réponse que le léger grincement des roues du véhicule motorisé dans lequel se déplaçait William.

— Je m'en vais. Je me boucle chez moi. Là, au moins, il y a tout ce qu'il faut pour se défendre.

Le rire d'Albert accompagna la sortie du gros homme.

— Cinquante centimètres de blindage ! ironisa-t-il. Comment pourriez-vous entendre quelque chose, Orwell ?

Mais Orwell ne l'écoutait pas. Au mur, une nouvelle zone venait de virer à l'orange.

— Absurde ! décida-t-il. Ce truc déconne. Garde, donnez-moi votre arme.

L'homme s'exécuta. Orwell saisit le revolver et tira dans le panneau mural, le faisant exploser en gerbes multicolores. Il se tourna vers Jean-Hugues, un large sourire aux lèvres.

— Voilà. Où en étions-nous ?

CHAPITRE XIV

JEU DE MASSACRE

Natacha progressait sans jamais hésiter et Nadia la suivait. Du haut de la passerelle métallique, elles dominaient un puits baigné de lumière verdâtre où s'étageaient par dizaines des bureaux vitrés, tous identiques. À cette heure tardive, les alvéoles de la ruche étaient vides.

Nadia songea que c'était là, derrière l'une de ces cloisons de verre, qu'Albert avait créé son jeu. Golem. Ce lieu sinistre était un peu comme l'éprouvette où avait été conçue l'étrange créature de chair et d'électrons qui marchait devant elle. De retour dans le décor de ses origines, Natacha avançait avec l'aisance mécanique des personnages de jeu vidéo.

Se souvenant d'une description donnée par Albert, Nadia devina que le long tunnel qui prenait naissance à sa gauche menait aux entrepôts. C'était en dissimulant là le fameux ordinateur bleu qu'Albert avait semé la panique à la MC.

Natacha ne s'intéressa pas aux entrepôts. Elle s'engagea dans une voie qui semblait sans issue. Devant elle se dressait une paroi sombre et luisante, une muraille d'acier. Infranchissable. Mais Natacha refusait de rebrousser chemin. Elle malaxait son dégom-laser, arme dérisoire face à ce blindage à l'épreuve des missiles.

Restée quelques pas en arrière, Nadia observait avec étonnement le visage de la golémette. Natacha paraissait si attentive, si concentrée, si déterminée… L'énorme bloc de métal se mit soudain à pivoter sur un axe invisible, comme si Natacha avait eu le pouvoir de l'ébranler par la seule force de sa volonté.

Les trois hommes qui se trouvaient de l'autre côté n'eurent pas le temps de sortir de leur ahurissement. Natacha les abattit l'un après l'autre, méthodiquement.

Nadia et Natacha venaient de pénétrer dans le domaine privé de M. William. Personne avant elles ne l'avait fait par ce chemin. Jamais, depuis que le bunker avait été construit, on n'avait vu frémir l'énorme paroi d'acier. Le mécanisme secret n'obéissait qu'à ALIAS et ALIAS ne pouvait l'actionner qu'une fois lancée la procédure d'urgence absolue.

Mais, bien sûr, nul n'avait lancé la procédure d'urgence absolue.

Ensuite, tout fut facile. Les sas s'ouvraient, les portes se déverrouillaient, les grilles se levaient. À chaque étape, les gardes tombaient.

Orwell n'avait pas lâché le revolver. À présent, il le tenait dirigé vers Jean-Hugues.

— Vous avez vu ce qui est arrivé au panneau, dit-il. Je me demande si votre tête fera un aussi joli spectacle en éclatant.

Orwell était persuadé que Jean-Hugues faisait preuve de mauvaise volonté.

— Si vous tapez encore une fois ce mot ridicule, je vous descends sans sommation.

Ce mot ridicule. Caliméro.

Albert observait le petit prof avec intérêt. Il sentait que le malheureux était en train de se torturer les méninges. Qu'allait-il donc trouver ? Que pouvait-il taper d'autre que « Caliméro » ? De toute façon, Natacha était en vadrouille. Rien ne sortirait de ce maudit ordinateur, quoi qu'on fasse.

— Les enfants, dit Jean-Hugues. Je veux les voir. Prouvez-moi qu'ils sont encore en vie.

Le canon du revolver entra en contact avec sa tempe. Puis Orwell baissa le bras en soupirant.

— Très bien, dit-il. Je vais vous montrer les enfants. Vous allez constater qu'ils se portent à merveille. Et ensuite vous parlerez.

Jean-Hugues sentit de nouveau le canon de l'arme, comme un morceau de glace contre la peau, juste au coin de son œil.

— Vous parlerez vite, ajouta Orwell. Sinon nos jeunes amis ne se porteront pas à merveille très longtemps.

Il alluma l'écran de contrôle n° 9. L'image était laide, grise, balayée par des ondes parasites. On y voyait quelques chaises, une table, et rien d'autre.

— Où sont-ils ? demanda Jean-Hugues.

— Je… ils sont sortis, apparemment.

— Ils n'ont pas pu sortir tout seuls, supposa Albert.

Orwell continuait de scruter l'écran, comme s'il n'en croyait pas ses yeux.

— Non. Ils n'ont pas pu.

Pour une raison que lui-même ne comprenait pas, sa colère tardait à éclater.

Cette fois, Nadia crut que sa fin était venue. Les gardes étaient nombreux, près d'une dizaine. Ils avaient compris qu'ils devaient affronter une tueuse redoutable. Ils allaient faire usage de leurs armes, tirer pour tuer. Quatre accroupis, les autres debout derrière eux. Ils protégeaient une colossale et mystérieuse porte de bois.

Natacha semblait se résigner à la défaite. Elle ne leva même pas le bras pour tirer. Elle n'en eut pas besoin.

Nadia ne sut jamais ce qui se passa exactement, car, au moment où la herse s'abattit, elle avait enfoui la tête dans ses mains. Elle entendit des hurlements, releva la tête et les vit, embrochés par les pointes de la grille. Tout le rang de devant, tous les hommes accroupis. Cloués. Saignés.

Nadia se sentit défaillir. Elle aurait voulu chasser cette image monstrueuse, faire taire ces râles, ces gémissements, ces cris d'horreur.

Elle fut exaucée. Un nuage opaque enveloppa les gardes, ceux que la herse avait transpercés et ceux qui se tenaient debout derrière eux. Le silence revint. Tous à présent étaient à terre. Gazés. Anéantis par ALIAS.

— Alias est mon maître, dit Natacha.

Son maître et son complice dans la place. La herse se releva, tandis que dans un bruit de puissante soufflerie d'invisibles tuyaux avalaient la nuée toxique. Natacha enjamba les corps et fit exploser la porte de bois monumentale.

De l'autre côté, il y avait une salle immense dont le décor célébrait les produits de la MC. Au centre de la fresque, le grand pot de pâte à prout vert fluo évoquait une idole : le dieu grotesque de la société de consommation.

Natacha braqua sur lui son dégom-laser et fit *pwijj pwijj* avec la bouche. Mais elle ne tira pas. Nadia songea qu'elle commençait à raisonner avant d'agir. Elle ne tirait plus sur les objets. Seulement sur les gens. Et sur les portes.

La dernière était celle qui protégeait la chambre de M. William. Il ne fut pas nécessaire à Natacha de la faire voler en éclats. La porte s'ouvrit seule, avec une lenteur majestueuse et ironique. ALIAS livrait la proie.

Tout de suite, des cris s'élevèrent, des cris de bête promise à l'abattoir.

— Non ! Non ! Pas moi !

M. William était devant un lit rose à baldaquin surmonté d'une couronne dorée, au centre d'une géante et ridicule reproduction de la chambre de la poupée Mondina.

— Tirez pas, pas sur moi. Regardez, les enfants sont là. Je suis allé les chercher dans leur prison. Je les ai sauvés. C'est grâce à moi. Tirez pas… tirez pas…

M. William était sorti de son youpala électrique. Il serrait contre lui la petite Aïcha aux yeux de biche terrorisée. Majid, Samir et Sébastien se tenaient à l'écart, observant tantôt le gros homme, tantôt Nadia et Natacha. Ils ne savaient plus à quel camp ils appartenaient, ne savaient plus qui ils devaient craindre le plus.

— C'est une petite fille, reprit M. William. Hein, vous n'allez pas tuer une petite fille ?

Il broyait les épaules de la gamine, la secouait :

— Dis-le, toi, petite crétine ! Dis-le que je t'ai sauvé la vie !

Natacha était en train d'ajuster son tir. À un moment ou à un autre, elle ferait feu.

— Monsieur William, dit-elle de sa voix de justicière sans âme, je viens vous détruire.

— M. William n'existe pas ! hurla le misérable. Je suis un bouffon. Je ne suis qu'un bouffon.

Il tenta de se déplacer, étreignant toujours Aïcha de ses mains potelées.

— Non, Natacha, non, souffla Nadia. Ne tire pas… Mon Dieu, Aïcha…

— Elle va la tuer ! cria M. William. Elle va la tuer !

Mais Natacha avait une mission à accomplir. Le bras à l'horizontale, sans tremblement, sans émotion, elle appuya sur la détente.

— Un bouffon, un bouffon, sanglota M. William. C'est Orwell qu'il faut tuer ! C'est lui le maître !

Nadia regarda Natacha avec étonnement. Le dégom-laser n'avait pas fonctionné.

— *Pwijj, reload*, grommela Natacha.

Elle pressa de nouveau la détente. Rien. Alors, elle baissa le bras et examina son arme. Une petite barre rouge indiquait que la charge en énergie avait atteint le niveau zéro. M. William éclata d'un rire de dément :

— Ah, ah, même pas mort !

Natacha triturait le dégom-laser, grognant « *pwijj, reload* » sur un ton de dépit. Elle ne comprenait pas ce qui lui arrivait. Elle avait beaucoup tiré, elle avait touché beaucoup de cibles. Elle aurait dû gagner beaucoup d'énergie. Quel était donc ce monde où on ne pouvait pas empocher ses bonus ?

— Laissez-moi partir, supplia M. William.

Il s'adressait à Nadia. Le danger se faisant moins pressant, il libéra Aïcha et avança vers la jeune femme de quelques pas pathétiques.

— Je ne suis qu'un comédien. Je ne suis pas le patron de la MC. Regardez sur la chaise. C'est mon ventre postiche. J'ai des fausses dents, des faux cheveux, des faux sourcils. Tout est faux.

C'est lui, c'est Orwell, le vrai patron de la MC. Je lui sers de bouffon. C'est lui qu'il faut tuer. J'étais payé pour faire le méchant. J'ai toujours voulu jouer les méchants. J'ai un don pour ça. Néron, Caligulaaaa…

Il sanglotait.

— Partons, dit-il à Nadia. Tu seras ma reine, mon Agripiiiiine !

Nadia s'arrachait peu à peu à la fascination que Natacha exerçait sur elle. Elle voyait les quatre enfants devant elle, ses élèves de 5e 6. Il fallait arrêter le jeu de massacre, quitter cet enfer. Partir, oui, partir. Natacha dut sentir que Nadia flanchait. Dans un mouvement d'une incroyable vivacité, elle bondit vers la jeune femme et arracha le colt qu'elle tenait mollement à la main. La seconde suivante, elle s'accroupit et, les deux bras tendus, elle tira.

— Natacha, non ! hurla Nadia.

M. William tomba à la renverse sur son lit, frappé en plein front. Nadia se précipita vers lui, mue par l'espoir que peut-être la gourde magique de Natacha pourrait le guérir. Idée insensée ! Le colt appartenait à un monde bien trop réel.

— Tout est faux, chuchota M. William. Tout va bien…

Ce furent ses derniers mots. Serrés les uns contre les autres, les enfants ne pouvaient détacher les yeux de la tache de sang qui allait s'élargissant sur le joli dessus-de-lit de satin rose.

— Vous avez vingt minutes pour quitter le bunker, récita Natacha. Passé ce délai, vous serez détruits.

— Quoi ? hurla Nadia.

— Vous avez vingt minutes pour quitter le bunker, répéta mécaniquement Natacha.

Sébastien fut le premier à se ressaisir :

— Par où on peut s'en aller ?

Il regardait sa prof de SVT. Nadia Martin connaissait le chemin qui menait au hall d'accueil : un chemin semé de cadavres par le plus impitoyable des Petits Poucet. Nadia se tourna craintivement vers Natacha :

— On y va ?

— Ma mission n'est pas terminée, répondit Natacha.

Elle montra à Nadia les quatre enfants et ajouta avec une douceur inattendue :

— Sauve les petits d'homme.

Constatant qu'il ne trouvait pas trace des enfants sur l'écran de contrôle n° 9, Orwell avait allumé un deuxième moniteur. Puis un troisième. Puis un autre… Les jeunes otages n'étaient visibles sur aucun plan, dans aucune des pièces où il était plausible qu'on les ait conduits. Qui donc avait pris l'initiative…

Orwell lâcha un cri de stupeur. Sur l'écran de contrôle n° 13, il apercevait distinctement, dans un coin, le corps inerte d'un homme en uniforme.

— Quelque chose qui ne va pas ? demanda derrière lui la voix d'Albert.

— Gardes ! cria Orwell à l'adresse des deux hommes postés auprès de lui. Allez voir ce qui se passe. Je veux un compte rendu de la situation dans dix minutes.

À présent, tous les moniteurs étaient allumés. Passant d'un écran à l'autre, Orwell fit défiler une cascade d'images fixes, visitant le bunker à toute vitesse. Il y avait deux cent douze caméras dans le bâtiment.

— Qu'est-ce que…

Orwell venait de découvrir un spectacle ahurissant. Une dizaine de ses hommes gisaient dans une mare de sang devant la monumentale porte de bois.

— Une attaque !

Il se retourna vers Albert, comme s'il le soupçonnait d'en être l'instigateur.

— Je vais te tuer ! cria-t-il.

— Gardez votre sang-froid, Orwell, dit Albert. Il vous reste vingt minutes.

— Vingt minutes ?

— Vous n'auriez pas dû fracasser votre tableau lumineux. Il vous aurait renseigné sur l'état de la situation. À défaut, vous devriez être plus observateur.

Albert désigna quelque chose sur l'écran de contrôle n° 7.

— La borne ! s'écria Orwell.

— Quoi, la borne ? s'inquiéta Jean-Hugues.

— En avez-vous vu d'autres sur les écrans ? demanda Orwell.

— Toutes les bornes sont allumées, répondit Albert, plus flegmatique que jamais. Nous sommes en alerte maximum aggravée.

— C'est quoi, ce charabia ? s'enquit Jean-Hugues.

— Procédure d'évacuation enclenchée, récita Albert. Le siège sera détruit dans moins de vingt minutes si le système n'est pas désactivé.

Orwell était blême. Il contempla un instant l'arme qu'il tenait à la main, comme s'il méditait le meurtre des deux individus qui se trouvaient devant lui. Mais le temps le pressait.

— Ne bougez pas d'ici, ordonna-t-il. Je vais au centre opérationnel principal désactiver ce foutu système. Si vous faites un pas hors de cette pièce, je vous promets de… de vous abattre comme des chiens.

Albert secoua la tête d'un air méprisant.

— Pourquoi refusez-vous de regarder les choses en face, Orwell ? Vous savez très bien que personne n'a déclenché l'alerte maximum. Vous savez très bien qui contrôle actuellement le système. Vous ne pouvez plus rien contre lui.

Orwell lui jeta un regard où brillait une lueur de démence. Puis il se rua dans le couloir.

Jean-Hugues adressa à Albert une petite grimace admirative.

— Tu as réussi à le faire disjoncter. J'espère que tu te sens capable de nous sortir d'ici avant qu'il ne reprenne ses esprits.

— Je crois pouvoir trouver le chemin, oui.

— Dès que nous serons dehors, nous alerterons la police suisse pour signaler la disparition des enfants.

— C'est ça. La police suisse, ricana Albert. Allez, tirons-nous.

Après avoir parcouru quelques centaines de mètres de couloirs, Jean-Hugues fut pris d'un doute.

— Cette histoire d'alerte maximum, c'était de l'intox, hein ?

— Avance !

Jean-Hugues sentit un frisson d'horreur le parcourir.

— C'est vrai ? Le bunker va être détruit ? Mais alors, les enfants ? On ne peut pas les abandonner… Les enfants… et mon ordina… Natacha…

Albert se retourna.

— Écoute, moi, je sauve ma peau. Si je peux. Il ne reste qu'à espérer qu'Orwell réussira à reprendre le contrôle d'ALIAS. Sinon cette prétendue intelligence va tout foutre en l'air. Dans quinze minutes, maintenant.

— Salaud ! Tu abandonnes les enfants !

Albert s'arrêta net, à la recherche d'une réplique définitive. Une soudaine apparition lui épargna d'avoir à se creuser la cervelle.

— Attention !

C'était un des gardes qu'Orwell avait envoyés en éclaireurs, qui revenait en titubant. Sans la moindre défiance, il se raccrocha à Albert.

— C'est un massacre, dit-il. Il y a des cadavres partout. Je vous en prie, monsieur, je veux sortir d'ici.

— Quatorze minutes, annonça Albert d'une voix sinistre. Si ALIAS tient jusque-là.

Il repartit au pas de charge, pensant que les deux autres le suivaient. Quand il se retourna trente secondes plus tard, il ne vit que le garde.

— Jean-Hugues ! appela-t-il. Jean-Hugues ! Mais quel con !

Jean-Hugues était reparti en sens inverse pour sauver l'ordinateur ou bien les enfants. Il ne savait plus. Quand il arriva dans la pièce où avait eu lieu l'interrogatoire, il comprit qu'il avait perdu la partie. L'ordinateur avait disparu. Orwell était probablement venu le rechercher avant de s'échapper par quelque issue secrète. Terrassé, Jean-Hugues se laissa choir sur une chaise. Il ne restait que quelques minutes au compte à rebours et il était seul au cœur d'un labyrinthe dont il ignorait tout.

— Maman, murmura-t-il.

Mourir. Il allait mourir, loin de sa maman qu'il n'avait jamais quittée, loin de la cité des Quatre-Cents, loin du collège, loin de sa vie, loin de tout.

— Jean-Hugues.

— Maman ?

Il releva les yeux et, dans un brouillard de larmes, il aperçut Natacha.

— Jean-Hugues.

Les jambes flageolantes, le jeune homme se redressa.

— Tu es là ? Tu es là…

L'amour faisait trembler sa voix. Si elle était là, il pouvait mourir. Mais il se souvint de ses élèves.

— Natacha, les enfants, où sont-ils ?

— Avec Nadia. Viens.

Jean-Hugues fit un pas mais le sol parut se dérober sous lui. Il n'en pouvait plus. Il allait tomber dans un trou noir. Il sentit que quelque chose se refermait sur sa poitrine comme un étau. Les bras de Natacha.

— Quatre minutes, dit-elle.

C'était un peu juste, mais ça devrait aller. Jean-Hugues s'évanouit.

Quand il reprit connaissance, il était assis sur le parking de la MC, adossé à une voiture. Natacha était accroupie près de lui.

— Vingt secondes, dit-elle.

Le bruit d'un hélicoptère lui fit lever les yeux au ciel. Jean-Hugues comprit qu'Orwell s'échappait et, avec lui, l'ordinateur bleu électrique. Il n'eut pas le loisir d'en faire part à Natacha. Elle avait entamé à voix haute l'ultime compte à rebours.

— 6, 5, 4, 3, 2…

Il y eut une terrifiante explosion, qui donna à Jean-Hugues l'impression que le parking allait s'ouvrir et l'engloutir. Toutes les baies vitrées de la MC dégringolèrent. Puis la structure des bâtiments se plia. Jean-Hugues aurait juré alors que la partie émergée du bunker était en train de rentrer sous terre. Ensuite, pendant une longue minute, il n'y eut plus rien d'autre sous la lune qu'un nuage de poussière traversé d'étranges lumières.

— *Mission completed*, fit Natacha de sa voix de robot.

Mission accomplie !
Mais Jean-Hugues peut-il encore aimer
un robot meurtrier ?

Albert a-t-il réussi à s'échapper du bunker ?

Nadia saura-t-elle sauver les enfants ?

Que se passera-t-il si Orwell perce
le secret de l'ordinateur bleu électrique ?

Et Lulu va-t-elle mourir à présent ?

Pour le savoir, lisez la fin
des aventures de GOLEM dans :

Alias

à paraître au mois d'août 2002

TABLE DES MATIÈRES

Composition : Francisco *Compo*
61290 Longny-au-Perche

Imprimé en France sur Presse Offset par

BRODARD & TAUPIN

GROUPE CPI

La Flèche (Sarthe), le 19-06-2002
N° d'impression : 13061

Dépôt légal : juillet 2002

 12, avenue d'Italie • 75627 PARIS Cedex 13

Tél. : 01.44.16.05.00